娥蘇拉‧勒瑰恩的小說工作坊

十種技巧掌握敘事

Ursula K. Le Guin

娥蘇拉‧勒瑰恩

齊若蘭　譯

STEERING
the
CRAFT

*A Twenty-First-Century Guide
to Sailing the Sea of Story*

目錄 Contents

前言

　　本書是為說故事的人（敘事散文的作者）所寫的指南。

　　我必須開宗明義地說，本書並非新手的入門指南，而是寫給已經努力耕耘一段時間的作者。

　　多年前，我開始在工作坊教寫作，學生都是有才華而認真的作者，但仍害怕使用分號，而且可能會把觀點和景觀混為一談。他們需要學習寫作技巧，磨練自己的技藝，在駕船徜徉浩瀚大海之前，先學會一些導航的方法。所以我在一九九六年創立寫作工作坊，取名為「駕馭寫作技藝」，把課程重心放在寫作迷人的層面：標點符號、句子長度、文法……等等。

　　五天的工作坊吸引了十四位願意面對分號、馴服任何動詞時態的勇敢寫作者，他們的投入與回饋都非常寶貴。我利用我的教學筆記和學生的回饋意見，把工作坊的內容彙整為一本書，裡面包含討論主題和習作，為寫作者或寫作團體提供自助式寫作指南。我延續書名的隱喻，稱他們為「孤單的航海家」和「反叛的船員們」。

本書在一九九八年問世，出版後市場反應熱烈，穩定銷售了十餘年。後來寫作和出版事業變化太快，我開始思考應該更新書中的材料，結果我把書從頭到尾改寫一遍。

新版本的目標讀者依然是想進一步探索、討論和練習敘事散文基本要素的故事寫作者（基本要素包括文章的聲音效果和韻律——標點符號、句型結構、句子、動詞、形容詞；敘事聲音和觀點——直接與間接敘事；應包含哪些和略過哪些）。每一章都包含了主題討論、優秀作家的作品範例，以及練習，指點讀者如何避開陷阱、駕馭故事，體會寫作的樂趣，好好玩一玩文字遊戲。

我重新思考書中所有材料，讓它變得更清晰、更準確，對二十一世紀的作者更有助益。習作的部分大大受益於本書過去使用者的回饋，他們反映哪些練習有用，哪些沒用，說明夠不夠清楚等等。對許多寫作者而言，同儕團體組成的工作坊非常重要，所以我擴充這部分的討論，並建議如何讓討論更有成效，同時涵蓋更多有關線上社群的內容。

在過去，文法用語是基本常識，是語言和寫作的術語，今天的學校卻不太教這些東西。許多人對主詞、述詞、受詞、或形容詞和副詞、過去式、過去完成式等名詞一知半解，甚至完全不熟悉，但這些都是寫作者的工具，當你想指出句子哪部分正確或哪裡出錯時，就需要用到這些詞。不懂字彙和文法的寫作者，有如分不清槌子和螺絲起子的木匠。（「嘿，

彼特，假如我用那邊那個尖頭的東西，能不能把這玩意兒弄進那塊木頭裡？」）雖然我無法在修訂版中開個英文文法及用法速成班，但我鼓勵讀者及寫作者思考這些很棒的語言工具的價值，並好好熟悉這些工具，才能優游其間，游刃有餘。

過去二十年來，大家開始從許多不同的途徑理解寫作，而出版業也經歷了許多令人迷惑、也無法抗拒的變化。我希望本書能反映出今時今世在出版業（包括紙本和電子出版）怒海中航行的種種風險與機會，但說故事的藝術——散文寫作和推動故事的技巧——始終如高懸的北極星般，扮演指路明燈。

在颶風中航行的船隻，沒有海圖可以倚靠，但仍然可以透過一些基本方法，確保旅程安全，避免船隻翻覆，裂成碎片，或撞上冰山。

孤單的航海家與反叛的船員

合作式的工作坊與作家同儕團體是很棒的發明，作家因此能加入同儕的社群。音樂家、畫家和舞者一直有這類的團體。好的同儕團體能促使成員相互鼓勵、友好競爭，提供啟發性的討論，練習評論，並在逆境中相互扶持。如果你想加入這樣的團體，也碰到這樣的機會，請務必加入。如果你渴望和其他作家合作帶來的刺激，卻在本地找不到這樣的社團或無法加入，那麼不妨在網路上成立或加入這樣的社團。說不定你可以成立一個虛擬的反叛船員社團，大家透過電子郵件，一起使用這本書。

如果成效不如預期，千萬不要覺得受騙或感到挫敗。你儘可參加由知名作家領導的寫作工作坊，或加入同儕團體，但這樣做卻不見得會比獨自默默筆耕，更容易找到自己的聲音。

你終究還是得獨自寫作，而且到頭來也唯有你自己，才能評斷你的作品。唯有作者自己才能評斷作品是否完整，我正打算如此，而且我會信守初衷。作者唯有學會如何閱讀自己的作品，才能夠正確評斷自己的作品。團體批評是為自我批評而進行的良好訓練，過去的作家一直未曾受過這類訓練，但仍學到該學的東西，他們乃是從做中學。

本書的目標

本書基本上是工作手冊。書中的練習是為了提升讀者的意識而設計：目標是釐清作文的基本要素和說故事的各種技巧和模式，加強讀者對這方面的體悟。我們一旦明白寫作這門技藝包含的種種要素，就能實際運用這些技巧，直到可以不假思索把它用出來，因為已經變成你的本事。

技能是你掌握的做事方法。掌握到寫作技巧之後，你就能隨心所欲，寫你想寫的東西，或許也能看清楚自己究竟想寫什麼。技巧往往能促進藝術的發展。

藝術有點運氣的成分，而天分也很重要，這些都是你無法靠努力掙來的。但你可以學習技巧，你可以努力掙到寫作的本事。你可以學習如何善用自己的天分。

我討論寫作時，不會把它視為一種自我表達的方式、或心理治療、或心靈探索。寫作可能是自我表達、心理治療或心靈探索，但寫作首先（且終究）是一種藝術、技藝和創作的形式。而這正是寫作的樂趣所在。

你必須全心投入，追求整體性，聽從心靈呼喚，才能產生好的創作。學習如何把故事寫好，可能需要耗費一輩子的心力，但是非常值得。

說故事這門技藝

　　所有的練習都關係到敘事的根本要素：如何說故事，哪些因素會推動故事前進，哪些會阻礙故事發展，我們先從語言的基本元素談起：

　　探討的主題包括：
◆ 語言的聲響和韻律
◆ 標點符號、句型結構、敘述句和段落
◆ 韻律和重複
◆ 形容詞和副詞
◆ 時態和動詞人稱
◆ 敘事觀點和聲音
◆ 間接敘事方式：提供資訊
◆ 飽滿與跳脫

　　就這些練習而言，你寫的是小說或非小說，其實無關緊要——敘事就是敘事。學校裡大多數的寫作課都著重於闡述性寫作（也就是說明文的寫作），教學生如何提供資訊和說明。這類課程會討論如何「表達想法」，卻不談如何說故事。說明文的某些寫作技巧和價值，與敘事性寫作毫不相干，甚至反而會造成問題。寫作者如果從訓練中學到的是避免承擔

責任而精心設計的官僚用語，或刻意不帶個人情感的科技語言，碰到要說故事時，可能會舌頭打結，不知該怎麼辦。另外有些問題則是回憶錄或小說特有的問題，我會提出幾個我注意到的問題，但一般而言，大家說故事的方式其實都差不多，用的是同一套寫作工具。

由於本書探討的是敘事，所以習作盡量不要只描繪靜態景象，而要描述動作或行動，述說正在發生的事情。但不一定非得是「爆炸性」行動不可，可能只是穿越超市走道或腦子裡的某些盤算，重要的是故事在動，推進到不同於起點之處。其實敘事做的就是這碼子事，前進、移動、運轉，故事所述說的就是變化。

如何善用練習

在下筆寫作前，不妨先稍稍想一想每個練習所附的說明，這些提示或許不像外表看來那麼簡單。如果能遵照指示，習作對你的幫助會更大。

假如你是獨自閱讀本書和作練習，我會建議你按部就班，依序練習。當你已經練習到差強人意的地步，不妨先把習作拋開一段時間，強迫自己不去看它。大部分作家都贊同的少數事情之一是，千萬不要輕易相信自己對於剛出爐作品的評價。必須把它擱置一段時間，至少放個一、兩天，我們才能看清文章的優缺點。

然後再抱著準備改寫的心情，以友善、樂觀、批判性的眼光，重新閱讀自己的習作。如果我在書中針對如何評論某些習作，提供了具體建議，此時不妨採用。大聲朗讀自己的作品，在念與聽之間，作品在節奏韻律上的毛病和瑕疵自然會顯露出來，幫助你把對話修改得更自然而生動。大體而言，要設法揪出文章囉嗦、難看、不清楚、不必要、說教和粗心散漫之處——留意哪些地方打破節奏，哪些寫法行不通。也要找出寫得不錯的地方，好好欣賞一下，看看能不能把它修得更好。

如果你屬於反叛的船員，我建議你們遵循附錄〈同儕團體工作坊〉中的指示，按部就班去做。書中所有關於團體討

論的建議都是以上述規劃為基礎，我主持的每個寫作工作坊，以及我參加的每個同儕團體，都採用相同的步驟，這個方法確實有效。

習作無須是完整的作品；也不必成為不朽的文學傑作。你可以從修改習作中學到很多。如果習作能衍生出更宏大的作品，的確很棒，但成功的習作最主要是遵照指示，達到要求。大多數的習作都非常短，只需寫一段或一頁就成了。倘若你參加的是團體工作坊，需要大聲朗讀習作，文章就得非常簡短，而且撰寫有長度限制的短文，本身就是很好的訓練。當然假如你能從這短短段落中延伸出其他有趣的題材，之後盡可把它寫成更長的故事。

工作坊的學生告訴我，如果我能為每個練習建議主題，或甚至提示故事情節或情境，會很有幫助。所以我在練習中提出一些建議，但你不一定非採用不可。有的人不想為一份習作呆坐在那兒，悶著頭天馬行空地想像，我乃是為他們提出建議。

如果你參加的是團體工作坊，你們或許會選擇在聚會時作練習。大家先經過一番討論，然後就各自埋頭努力，屋裡一片靜默：大家都拚命寫、寫、寫。最多半小時就得交卷，然後再輪流朗讀每個人剛出爐的習作。在這樣的壓力下，往往會激發出令人訝異的精彩傑作。有些人不習慣在壓力下寫作，以為自己一定辦不到（其實不然），這種課堂上的寫作

練習對他們十分有效。只要為自己設定半小時的時間限制，孤單的航海家也可以達到相同的效果。

我會在每個主題章節中提出一些值得思考或討論的問題，孤單的航海家可以利用閒暇時間多多琢磨，這些問題也有助於團體討論。

我在每章中幾乎都會舉例說明不同的寫作技巧，這些簡短的例子都摘錄自技巧純熟的知名作家的作品。無論置身於團體之中或獨自一人，都請大聲念出這些段落。（不要害怕在孤單一人時大聲朗讀，你只會在最初短暫片刻覺得愚蠢可笑，但你從大聲朗讀作品中學到的東西，會讓你一輩子受用。）我並非想用這些範例來引導你的習作，我只是想示範一下，如何採用各種不同的方法，來解決技術問題。

假如你後來想模仿其中某些範例，儘管這麼做。學習作曲和繪畫的學生都會刻意模仿偉大的樂曲和畫作，這是他們基本訓練的一部分。許多寫作教師在堅持原創性的狂熱信徒影響下，貶低模仿的價值。今天，由於網路上對於借用他人文字，普遍不以為意，許多寫作者已經不懂得如何區分卑鄙的剽竊和有用的模仿。意圖很重要。如果你想把它據為己有，就是剽竊，但如果你在某段「以某某作家的風格」寫作的段落，冠上自己的名字，就只是練習而已。如果認真書寫，而不是一味學舌或模仿拼湊，這些要求嚴格的習作將是極具啟發性的練習。我會在第八章的最後進一步討論。

　　本書引用的範例大都摘錄自比較古老的小說作品，因為如果要引用現代文學作品，授權費通常都很昂貴，也不容易取得同意，同時也因為我不但熱愛、也熟悉這些老作品。許多人因為受到不夠格的教師荼毒，不敢閱讀這些「經典」，或以為寫作者只能向當代作家學習。其實想寫出好作品，就必須閱讀偉大的作品。如果不能廣泛閱讀，只讀當前流行的作品，你對於如何運用語言文字也不會有太多想法。

　　延伸閱讀單元中提出的範例和建議無論對團體討論或個人研究而言，都是很好的主題：作者在做什麼，她怎麼做，為什麼要這樣做，我喜不喜歡她的做法？不妨另外找些例子，在團體中討論，或許大家都能從中受益。孤單的航海家或許也能在同行中找到良師益友。許多寫作者都曾航行過相同的大海，在處處暗礁、重重險阻間，找到自己的航道。

1／文字的聲響與韻律

　　一切都要從語言的聲音說起。檢驗一個句子的好方法是：這句話聽起來對不對？語言的基本要素關乎身體感官：字發出的噪雜聲音、形成律動的聲響和靜默，都標示語詞之間的關係。寫作的美感和意義就來自這些聲響和韻律。不僅詩的創作如此，散文寫作亦然。只是散文的聲音效果往往更加含蓄微妙，而且通常較不規則。

　　小孩子大都單純為了聲音而喜歡上語言。他們迷戀重複的字詞、動人的字音、以及嘎吱嘎吱的**擬聲字 (onomatopoeia)** [1] 或滑溜溜的感覺；他們熱愛悅耳動聽或引人注目的字眼，而且喜歡到處亂用這些字。有些作者始終保持幼年的興趣，熱愛語言的聲音。有的作家長大後閱讀寫作時，不再那麼在意口說和耳聽時的感覺，真是太可惜了。能夠意識到筆下文字聽起來感覺如何，是作家的基本技巧。還好，要培養、學習或重新喚醒這樣的能力，並不困難。

　　好作家和好讀者一樣，都有心靈的耳朵。我們閱讀散文時，多半在心中默讀，許多讀者心中都有一對敏銳的耳朵，能聽見默讀的聲音。我們常常看到有人批評敘事沉悶單調、支離破碎、彆扭拗口、軟弱無力，其實全是聲音的錯。鮮活生動、節奏明快、流暢、有力、優美等等，都是散文的聲音

---

1. 作者註：Onomatopoeia （擬聲法或擬聲字）
字的發音和意思十分相近，例如：「嘶嘶作響」、「噓聲」、「吃得唏哩呼嚕」等都是。

特性，閱讀這樣的文句是一大樂事。敘事型作家必須好好鍛練心靈的耳朵，要懂得聆聽自己的文章，而且要邊寫邊聽。

敘事句的主要責任是帶出下個句子──讓故事繼續往前推進。往前推進、步調、節奏、韻律等語詞會在本書中反覆出現，步調和前進尤其要視節奏韻律而定，而聆聽，就是你感覺和控制韻律的方式。

說故事並非只是在描述某個行動或傳達某個概念。我們利用語言來創造故事，而語言和音樂一樣，本身就能傳達愉悅。並非只有詩作聽起來美妙悅耳，其他寫作形式也辦得到。不妨想一想下面四個範例是怎麼辦到的。（請高聲朗讀！大聲念出每一篇範例！）

《原來如此故事集》（*Just So Stories*）運用鮮活豐富的字彙、音樂般的韻律和戲劇化的語詞，構成一部傑作。吉卜林（Rudyard Kipling）讓世世代代的孩子體會到故事可以聽起來莫名所以的美極了。而且沒有任何故事會因太過胡扯或美麗而只限孩子欣賞。讓我們來看看第一個例子：

▌例1▐
吉卜林〈犀牛的厚皮為什麼又粗又皺？〉
摘錄自《原來如此故事集》

很久、很久以前，紅海邊上有個無人島，上面住了個帕西人，他的帽子會在陽光映照下大放異彩。住在紅海邊上的帕西人一無所有，全部財產只有那頂帽子和他的小刀和一個煮飯的爐子——是你連碰都不能碰的那種爐子。有一天，他用麵粉和水和黑醋栗和梅子和糖和其他材料，替自己做了個蛋糕，蛋糕足足有兩呎寬、三呎厚，簡直是超級美味甜點（實在太神奇了）！他把蛋糕放在爐子上烤（因為他獲准用爐子烹煮食物），而他烤啊烤的，直到整個蛋糕烤得焦焦黃黃、香噴噴的，令人垂涎。正當他準備大快朵頤的時候，從完全無人居住的內陸跑來一隻犀牛，犀牛鼻子上長了角，有一雙小小的

眼睛，很沒禮貌。〔…〕犀牛用鼻子頂翻油爐，蛋糕滾落沙灘，犀牛用鼻子上的角戳起蛋糕，吃掉蛋糕，然後走開。他搖頭擺尾，回到完完全全杳無人煙的荒涼內陸，靠近馬贊德拉島、索科特拉島和大春分岬角一帶。

* * * * *

Rudyard Kipling: from "How the Rhinoceros Got His Skin" in *Just So Stories*

Once upon a time, on an uninhabited island on the shores of the Red Sea, there lived a Parsee from whose hat the rays of the sun were reflected in more-than-oriental splendour. And the Parsee lived by the Red Sea with nothing but his hat and his knife and a cooking-stove of the kind that you must particularly never touch. And one day he took flour and water and currants and plums and sugar and things, and made himself one cake which was two feet across and three feet thick. It was indeed a Superior Comestible (that's magic), and he put it on the stove because he was allowed to cook on that stove, and he baked it and he baked it till it was all done brown and smelt most sentimental. But just as he was going to eat it there came down to the beach from the Altogether Uninhabited Interior one Rhinoceros with a horn on his nose, two piggy eyes, and few manners. [. . .]

And the Rhinoceros upset the oil-stove with his nose, and the cake rolled on the sand, and he spiked that cake on the horn of his nose, and he ate it, and he went away, waving his tail, to the desolate and Exclusively Uninhabited Interior which abuts on the islands of Mazanderan, Socotra, and the Promontories of the Larger Equinox.

第二個例子摘錄自馬克‧吐溫（Mark Twain）早期創作的《卡城名蛙》（*The Celebrated Jumping Frog of Calaveras County*），這個故事完全得靠口語朗誦和細心聆聽來欣賞方言迷人的韻律之美。要寫出賞心悅耳的優美作品，方法很多。

▌例2▐
摘錄自馬克‧吐溫《卡城名蛙》

「這史邁利手上有的是會抓耗子的狗、還有小公雞、還有公貓，之類之類的，簡直沒完沒了，不管你拿什麼去跟他賭，他都有辦法對付。有一天，他逮到一隻青蛙，他把青蛙帶回家，說打算好好訓練牠；接下來三個月，他啥事也沒幹，光在自家後院教青蛙跳。你看吧！他果不其然把牠教會了。只要從青蛙背後稍稍拍拍牠，不一會兒，你就看到青蛙像甜甜圈似的，在空中翻跟頭——看著牠翻一圈，或起跳不錯的話，可能翻兩圈，然後像頭貓似的，四腳穩穩落地，完全沒事。他想訓練青蛙抓蒼蠅，讓牠不斷苦練，以至於只要見到蒼蠅，牠次次都能抓著，從不落空。史邁利說，青蛙需要的只是教育罷了，牠幾乎什麼都學得會，我相信他。為啥這麼說呢，我曾經見過他把丹尼‧韋伯斯特放在這塊地板上——

丹尼·韋伯斯特是青蛙的名字——然後高唱：『蒼蠅，丹尼，蒼蠅！』你眼睛還來不及眨一眨呢，牠已經直直跳起，悄悄逮住那邊檯子上的蒼蠅，然後像一團泥似的啪噠落地，若無其事地抬起後腳搔首扒腮，好像完全搞不清楚自己會的有沒有比其他青蛙強。你從沒見過這麼有天分，又這麼謙虛、坦率的青蛙。要是大家都規規矩矩從平地起跳，牠一躍之下，可以比你看過的任何蛙類都跳得遠。你要曉得，從平地躍起是牠的拿手活兒；只要賭的是這個，但凡手上還有一分錢，史邁利都會把賭注押在牠身上。史邁利對自己養了這隻蛙，簡直得意得不得了，理應如此，因為連一些行走四方、見多識廣的傢伙都說，他們見過的青蛙沒有一隻及得上牠。」

＊　　＊　　＊　　＊　　＊

Mark Twain: from "The Celebrated Jumping Frog of Calaveras County"

"Well, thish-yer Smiley had rat-tarriers, and chicken cocks, and tom cats and all them kind of things, till you couldn't rest, and you couldn't fetch nothing for him to bet on but he'd match you. He ketched a frog one day, and took him home, and said he cal'lated to educate him; and so he never done nothing for three months but set in his back yard and learn that frog to jump. And you bet you he did learn him, too. He'd give him a little punch behind, and the next minute you'd see that frog whirling in the air like a doughnut — see him turn one summerset, or maybe a couple, if he got a good start, and come down flat-footed and all right, like a cat. He got him up so in the matter of ketching flies, and kep' him in practice so constant, that he'd nail a fly every time as fur as he could see him. Smiley said all a frog wanted was education, and he could do 'most anything — and I believe him. Why, I've seen him set Dan'l Webster down here on this floor — Dan'l Webster was the name of the frog — and sing out, 'Flies, Dan'l, flies!' and quicker'n you could wink he'd spring straight up and snake a fly off'n the counter there, and flop down on the floor ag'in as solid as a gob of mud, and fall to scratching the side of his head with his hind foot as indifferent as if he hadn't no idea he'd been doin' any more'n any frog might do. You never see a frog so modest and straightfor'ard as he was, for all he was so gifted. And when it come to fair and square jumping on a dead level, he could get over more ground at one straddle than any animal of his breed you ever see. Jumping on a dead level was his strong suit, you understand; and when it come to that, Smiley would ante up money on him as long as he had a red. Smiley was monstrous proud of his frog, and well he might be, for fellers that had traveled and been everywheres all said he laid over any frog that ever they see."

　　前面第一個例子中，推動故事的是那大放異彩的語言散發的迷人魅力，而第二個例子中，則是那令人難以抗拒、聽來不慌不忙的調子。接下來的第三個例子，作者使用的詞彙都簡單而常見，但韻律感十足，極具震撼力。大聲朗讀赫斯頓（Zora Neale Hurston）[2]的句子，你會深深被其音樂性和節奏所吸引，如被催眠般忍不住一直往下讀。

▌例3▌
摘錄自赫斯頓《他們的眼睛凝望上帝》

　　所以，一切要從一名女子說起，她剛埋葬完死者回來，不是老病過世、枕邊腳旁圍繞著朋友的死者。她送走的死者濕透而腫脹，突然喪命時，還睜著大大的眼睛評斷著。

　　大家都看到她回來，因為正值日落時分。太陽已離去，但足跡依然留在空中，正是坐在路邊門廊，聽閒話、聊閒事的時候。坐在那兒的人成天只是無口、無耳、無眼、方便使喚的工具，是包在那層皮膚內的騾子或畜牲。如今太陽和老闆都已離去，他們又有了力量、感覺像個人了。他們成為聲音和瑣事的主宰，嘴裡交換著各種議論，在那兒指手畫腳，說長道短。

　　看到那女人的樣子，他們記起過去藏積已久的嫉妒。於是他們咀嚼著腦子深處的念頭，享受它的甜美滋味。眾人在談笑間拋出炙熱灼人的話語和質問，那是集體的殘忍。氣氛活潑起來。言語無人管束、恣意遊走，相互共鳴有如合唱。

＊　　＊　　＊　　＊　　＊

Zora Neale Hurston: from "Their Eyes Were Watching God "

　　So the beginning of this was a woman and she had come back from burying the dead. Not the dead of sick and ailing with friends at the pillow and the feet. She had come back from the sodden and the bloated; the sudden dead, their eyes flung wide open in judgment.

---

2. 譯註：赫斯頓（1891-1960）為美國人類學家和黑人女作家先驅，致力於黑人文化的保護和傳播。《他們的眼睛凝望上帝》為其代表作，藉由女主角的追尋，展現黑人女性意識的覺醒及自我認同。

The people all saw her come because it was sundown. The sun was gone, but he had left his footprints in the sky. It was the time for sitting on porches beside the road. It was the time to hear things and talk. These sitters had been tongueless, earless, eyeless conveniences all day long. Mules and other brutes had occupied their skins. But now, the sun and the bossman were gone, so the skins felt powerful and human. They became lords of sounds and lesser things. They passed nations through their mouths. They sat in judgment.

Seeing the woman as she was made them remember the envy they had stored up from other times. So they chewed up the back parts of their minds and swallowed with relish. They made burning statements with questions, and killing tools out of laughs. It was mass cruelty. A mood come alive. Words walking without masters; walking together like harmony in a song.

我們的第四個例子中，一名中年牧場主人湯姆正在對抗初期癌症的侵襲，他知道這癌症終將奪走他的性命。葛羅斯（Molly Gloss）的散文風格安靜而細膩：動人的力量與美感來自於遣詞用字恰到好處且時機完美、聲音的音樂性，以及透過改變句子律動，傳達書中人物的情感。

▌例4 ▌
摘錄自葛羅斯《馬之心》

雞群都回到雞窩歇息了，院子變得很安靜——在天光破曉前幾小時，雞群已開始大聲宣告，彷彿迫不及待要展開新的一天，但他們同樣有興趣早早就寢。湯姆已經習慣在他們清晨召喚聲中繼續沉睡，全家人都是如此，但過去幾個星期，只要聽到母雞嘰嘰喳喳叫出第一聲，甚至公雞都還沒開始吹起床號，他就會醒來。在他耳中，他們每天透早在黑暗中發出的聲音聽來有如祈禱鐘聲般柔和虔誠。他開始害怕夜晚——和他的雞一樣，一旦影子拉長，天色漸暗，他就希望趕緊爬到床上，閉起眼睛。他走進放柴薪的棚子，坐在木柴堆上，把手肘擱在膝蓋上，前後搖晃身子。他感覺身體因為某種無以名狀的東西而腫脹，他覺得只要哭得出來，就會好些。

他坐著、搖著，終於開始哭泣，沒能舒解什麼，然後他開始劇烈抽泣，直到終於稍稍消去胸中累積已久的塊壘。等到呼吸漸緩，他繼續坐在那兒來回搖晃了好一會兒，眼睛盯著沾了肥料和乾草的靴子。然後他用手帕擦乾眼淚，走進屋子，坐下來和太太兒子共進晚餐。

＊　　＊　　＊　　＊　　＊

Molly Gloss: from "The Hearts of Horses"

His flock of chickens had already gone in roost, and the yard was quiet — chickens will begin to announce themselves hours before sunrise as if they can't wait for the day to get started but they are equally interested in an early bedtime. Tom had grown used to sleeping through their early-morning summons, all his family had, but in the last few weeks he'd been waking as soon as he heard the first hens peep, before even the roosters took up their reveille. The sounds they made in those first dark moments of the day had begun to seem to him as soft and devotional as an Angelus bell. And he had begun to dread the evenings — to wish, like the chickens, to climb into bed and close his eyes as soon as shadows lengthened and light began to seep out of the sky.

He let himself into the woodshed and sat down on a pile of stacked wood and rested his elbows on his knees and rocked himself back and forth. His body felt swollen with something inexpressible, and he thought if he could just weep he'd begin to feel better. He sat and rocked and eventually began to cry, which relieved nothing, but then he began to be racked with great coughing sobs that went on until whatever it was that had built up inside him had been slightly released. When his breathing eased, he went on sitting there rocking back and forth quite a while, looking at his boots, which were caked with manure and bits of hay. Then he wiped his eyes with his handkerchief and went into the house and sat down to dinner with his wife and son.

◆ 延伸閱讀

　　華克（Alice Walker）的《紫色姐妹花》（*The Color Purple*）因為語言的聲音出色而聞名。朱厄特（Sarah Orne Jewett）的《針樅之鄉》（*The Country of the Pointed Firs*）或哈魯夫（Kent Haruf）的西部小說《素歌》（*Plainsong*），則靜靜展現出有力的節奏。

　　奇幻小說基本上是仰賴語言表現的敘事形式，好幾部英文經典文學作品都是奇幻小說〔例如《愛麗絲夢遊仙境》（*Alice in Wonderland*）〕。但即使有些作家的作品平常或許不會讓你聯想到聲音之美，閱讀時仍然要打開耳朵，你可能會發現，透過文字的聲音和韻律，你能領略到更多箇中意涵。

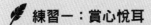

練習一：賞心悅耳

⋯⋯⋯⋯⋯⋯⋯⋯⋯⋯⋯⋯⋯⋯⋯⋯⋯⋯⋯⋯

之一：寫下一段到一頁預備讓讀者大聲念出的敘述句。
運用**擬聲法、頭韻法（alliteration）**[3]、重複、韻律效果、
虛構的字或名字、方言等任何你喜歡的音效，但不要押
韻，也不要有規律的**節拍（meter，或稱格律）**[4]。

　　要為了享受寫作樂趣、覺得好玩而寫。聆聽自己寫的句
子發出的聲音和韻律，就像孩童吹笛一樣，你也要好好把玩
一下筆下的文字。這不算「自由寫作」，但相似之處是你開
始放鬆控制的力量：你鼓勵文字本身——文字的聲音、節拍
和回音——引領你向前。暫時拋開所有的好忠告，說什麼好
的風格是看不見的，好藝術會把技巧隱藏起來等等。盡情炫
耀吧！好好運用美好的語言賜予我們的整支交響樂團。

---

3. 作者註：Alliteration （頭韻法）
「Peter Piper picked a peck of pickled peppers」就是採用頭韻法的句子。「Great big gobs of greasy grimy gopher guts」也是。

4. 作者註：Meter （規律的韻律或節拍，或稱「格律」）
啦—噠—啦—噠—⋯⋯嗒噹—嗒噹—嗒噹⋯⋯踢嘀—噹，踢嘀—噹，踢嘀噹—噹—噹⋯⋯。散文如果連續用多個字發展出規律的節奏，無論你喜不喜歡，它就不再是散文了，而變成詩作。

　　為孩子寫作，倘若你必須如此，才能說服自己這麼做的話。為你的祖先而寫。使用你喜歡的敘事聲音。如果你很熟悉某種方言或口音，那麼儘管採用你熟悉的語言，而不是一般通行的語言。可以很喧鬧，也可以很安靜。設法在文字順暢的流動或時斷時續的移動間重現行動，讓句子的韻律和文字的聲音呈現出發生的一切。樂在其中，擺脫束縛，盡情嘗試，重複，創新，自由自在。

　　切記──不要押韻，也不要出現規律的節拍。你寫的是散文，不是詩。

　　我不太想提出任何關於「情節」的建議，不過如果你需要靠魚鉤來釣出有趣的語言，那麼或許可以嘗試講一段鬼故事的最高潮，或自己虛構一座島嶼，在島上走一圈──看看會發生什麼事？

✒ 練習一之二

　　用一段文字描述一項行動，或某人的強烈情緒——歡欣、恐懼、悲傷都好。嘗試讓句子的律動具體呈現出你所描繪的現實。

　　在團體中朗讀和聆聽這些作品，會很好玩。無需太多**評論（critiquing）**[5]。作品演出成功時，掌聲就是最好的回應。

　　如果你獨自練習，那麼就大聲朗讀自己的習作；生動熱情地演出自己的作品。如此一來，你幾乎必定會從中發現這兒或那兒還有待改進，可以再多多琢磨嘗試，讓作品的聲音更加鮮活有力。

　　之後可以思考或討論的問題：把焦點放在作品的聲音有沒有激發出什麼不尋常或意外的成果，例如使用你不常採用的聲音？你樂在其中嗎？還是覺得壓力沉重？能說說原因嗎？

---

5. 作者註：Critiquing （評論）
在工作坊或同儕團體中討論作品的過程。我特別以「評論」取代「批評」（criticizing），或許是因為批評往往帶有負面指責的意味，而評論聽起來比較中立。

　　如何才能有意識地寫出優美的作品，是很值得思考和討論的問題。有些小說家和散文家努力創作引人注目或充滿詩意的散文，使用不尋常的詞彙或古老的語詞，以出人意表的方式組合文字，刻意追求聲音效果，你對這樣的作品有何反應？很享受閱讀的樂趣嗎？這樣的風格適合散文嗎？這種風格強化了文章的敘述，還是反而令你分心？

　　名字常常蘊含有趣的聲音。小說人物的名字、名字的聲音，以及其中隱藏的呼應與暗示，往往表情豐富，意味深長：例如烏瑞亞‧希普（Uriah Heep）……簡‧愛（Jane Eyre）……寵兒（Beloved）等等。[6]地名也一樣：福克納（William Cuthbert Faulkner）的約克納帕塔法郡（Yoknapatawpha County）、托爾金（J.R.R. Tolkien）筆下令人難以忘懷的洛絲蘿林（Lothlóren）或雖簡單卻引發許多想像的地名——中土世界（Middle-earth）。[7]思考小說中的人名地名，想想看這些名字的聲音如何為它們增添豐富意義，可能很好玩。

　　順帶一提，你可以反覆作這個練習，當作正式寫作前的暖身動作。試著利用文字的聲音效果來設定故事氛圍。看著窗外的景物或桌上一片凌亂，或回憶昨天發生的事情或某人提到的怪事，寫一、兩個或三個賞心悅耳的句子來描繪，你可能很快就會上手。

6. **譯註**：烏瑞亞‧希普是狄更斯名著《塊肉餘生錄》（*David Copperfield*）中的反派角色；簡‧愛為英國作家勃朗蒂（Charlotte Brontë）所著同名小說《簡愛》的女主角；……《寵兒》（*Beloved*）為美國作家莫里森（Toni Morrison）的小說書名，同時也代表小說主角女黑奴的女兒，女黑奴因深恐兩歲女兒重蹈自己悲慘的命運，殺死女兒後為尚未取名的女兒在墓碑刻上「Beloved」。

7. **譯註**：福克納是二十世紀美國重要小說家，他一生中大部分時間都住在美國南方，並以密西西比河畔的家鄉為原型，虛構了約克納帕塔法郡為他大部分小說的場景。中土世界是托爾金的經典名著《魔戒》（*The Lord of Rings*）故事發生的大陸，洛絲蘿林則是中土世界中森林精靈居住的地方。

2／標點符號與文法

詩人凱澤（Carolyn Kizer）曾經跟我說：「詩人對死亡和逗點很感興趣。」或許說故事的人感興趣的是生命與逗點。

如果你對標點符號不感興趣，甚至害怕標點符號，可就錯失了一些最美麗而優雅的寫作工具。

本章和前一章密切相關，因為標點符號教讀者如何聆聽自己的作品，這是標點符號的功能：逗號和句號帶出句子的文法結構，逗號顯示句子聽起來是什麼感覺——在哪裡中斷，哪裡暫時停頓——讓讀者能清楚理解與感受文句。

讀樂譜時，你知道休止符乃標示無聲的靜默，標點符號的功能也大同小異。

句點表示停頓一會兒分號表示暫停而逗點的意思不是暫停極短暫的片刻就是預期有些轉折改變破折號以暫時的中斷分隔句中短語

只要稍稍費點工夫，就能釐清上面這些字句的意思，而加標點符號，就是你為了明白它們的意思所下的功夫。

標點符號的用法有一套固定規則，但幾乎大半仍取決於個人的選擇。就上述段落，我會這樣下標點：

句點表示停頓——一會兒。分號表示暫停；而逗點的意思不是暫停極短暫的片刻，就是預期有些轉折改變。破折號

以暫時的中斷分隔句中短語。

可能還有其他下標點的方式，但下錯標點的話，會改變原文的意思或完全誤解原文的意思，例如：

句點表示停頓。一會兒，分號表示暫停而逗點的意思不是。暫停極短暫的片刻就是預期。有些轉折改變破折號。以暫時的中斷分隔句中短語？

有些人對寫作滿懷雄心壯志，在其他方面拚命下苦工，卻對標點符號的使用不以為意。誰會在乎哪裡該加個逗號啊？如果在從前，粗心的作家還可仰仗文稿編輯把關，把逗號加在該加的地方，並改正文法錯誤，但今天文稿編輯早已瀕臨絕種。至於電腦中那些佯裝會改正標點符號或**文法**（**grammar**）[8]的東西，乾脆停掉那些功能算了。這些程式壓根兒沒什麼真本事；只會切斷你的句子，讓文章變得很可笑。你還是得靠自己，憑自己的本事對付那些吃人的分號。

我無法把標點符號和文法區分開來，因為大體而言，學習寫文章合乎文法，就是學習如何下標點符號，反之亦然。

我認識的每位作家手邊都至少有一本文法手冊，以供查詢。出版商通常都堅持以《芝加哥格式手冊》（*The Chicago Manual of Style*）為最終規範，但這本手冊的規定往往太過

絕對而專斷，主要用來規範說明文的寫作，不見得適用於敘事性文體。大多數談寫作風格的大學教科書也一樣。我用的是史傳克（William Strunk, Jr.）與懷特（E. B. White）的《風格的要素》（*The Elements of Style*）這本舊書。這本手冊坦率、清晰、風趣、而且有用。和所有文法專家一樣，史傳克和懷特對文法的看法也毫無商量餘地，因此不免會滋生反對運動。市面上不乏更新、更時髦的文法手冊。高登（Karen Elizabeth Gordon）的《千錘百鍊的句子》（*The Well-Tempered Sentence: A Punctuation Handbook for the Innocent, the Eager, and the Doomed*）是出色而可靠的手冊，最近剛發行修訂版。

　　自古希臘時代以降，即使在黑暗時期，西方學校都把文法教學視為教育的基石和根本要素。早期美國稱基礎教育為「文法學校」。但到了二十世紀末，許多美國學校不再教文法，彷彿即使對寫作工具一無所知，我們仍應該有辦法寫作。大家期待我們勇於「自我表達」，雖然沒有給我們任何工具，卻預期能從我們的靈魂中榨出柳橙汁（而我們手上甚至連可以切橙的小刀都沒有）。

　　我們會期望別人沒有任何工具，就徒手修好廚房水槽

---

8. 作者註：Grammar（文法）
語言的基本系統；讓遣詞用字產生意義的規則。有的人雖然不懂規則，卻有很好的文法意識，不過你必須先熟悉規則，才能明智地打破規則。知識能帶來自由。

嗎？我們會期待從沒學過小提琴的人站起來拉琴嗎？寫個句子表達自己想說的話，並不比修水管或拉小提琴更容易，都需要相當的技藝。

個人觀點：正確性與道德問題

許多人都對小學二年級老師的教誨深信不疑——「比利，你不應該說『It's me』，要說『It's I』。」面對堅持「Hopefully」是錯誤用法的文法霸凌，許多人都膽怯退縮了。但願有人持續抗議。

道德和文法息息相關。人類仰賴文字指點迷津。蘇格拉底曾說：「語言誤用會引發靈魂中的邪惡。」長期以來，我一直把這句話釘在桌上。

撒謊是刻意誤用語言。然而純粹出於無知或粗心大意而誤用的語言會衍生出半真半假的言論，造成誤解和謊言。

從這個角度來看，文法會關係到道德。從這個角度來看，作家的道德責任是審慎而妥善地運用語言。

但蘇格拉底談論的不是正確與否的問題。在道德上，並非正確的用法就是「對」的，或不正確的用法就是「錯」的。正確與否不是道德問題，而是政治和社會問題，通常由社會階級來界定。究竟正確用法為何，乃是由以某種方式說寫英文的群體來定義，並把它當成一種檢驗或鑑別方式，於是採用他們的方式說寫英文的人形成「內團體」，不照他們的方式說寫英文的人則被歸為「外團體」。你猜哪一種團體會掌握大權？

我很厭惡這種自以為是的正確性霸凌，也不信任他們的

動機。不過在本書中，我必須走在剃刀邊緣，因為尤其就寫作而言，用法其實是社會問題，是針對如何讓別人理解我們而達成的一般性社會協議。**句型結構（syntax）**⁹不一致、遣詞用字錯誤、標點符號錯置，都會損害意義。不懂文法規則，會把句子搞得亂七八糟。寫文章時，不正確的用法，除非是刻意採用方言用法或表達個人聲音，且前後一致，否則就是一場災難。嚴重的用法錯誤可能會破壞整個故事。

如果作家對自己的工作媒介如此無知，讀者怎麼可能信賴他呢？誰能在走音的小提琴伴奏下起舞？

我們為寫作訂定的標準不同於說話的標準，也不得不如此，因為閱讀時，沒有說話者的聲音、表情和抑揚頓挫來幫忙釐清沒說完的句子和誤用的字眼，能掌握的唯有文字而已，因此文字必須清楚明白。以書寫方式向陌生人說明事情，需要下的功夫更甚於面對面說話。

這也是網路寫作的問題，在電子郵件、部落格和對部落格文章的回應中都經常出現。操作上的便利和電子通訊的即時性會形成假象，網路文章往往在倉促中寫就，寫完又沒有再讀一遍，很容易錯讀和遭致誤解，引發爭執和謾罵，砲火猛烈，原因在於作者以為大家能像平常面對面談話般，理解他們在網路上的書寫。

寫作時假定大家都能讀懂你的言外之意，是幼稚的想法。將自我表達與有效溝通混為一談，是很危險的事。

　　讀者所能掌握的唯有文字而已。因為無法用文字來溝通感覺和意向，而借用表情符號，是令人厭煩的爛藉口。使用網路很容易，但是透過網路傳達意思則和紙上溝通同樣困難，或許還更困難些，因為許多人在螢幕上閱讀時，會比閱讀紙本更匆忙而粗心。

---

9. 作者註：Syntax （句型結構、句法）

（以適當形式）安排字詞，以顯示它們在句中的連結和關係。

——牛津簡明英文字典（The Shorter Oxford English Dictionary）

你因此明白，句子和馬一樣，也有骨架。而句子和馬之所以用這種方式移動，是因為骨骼架構使然。

了解規則，才能打破規則

文章也可以寫得非常口語化和不拘形式，但一旦你想傳達比較複雜的想法或情感，就必須依照一般的寫作協定，遵循文法和遣詞用字的共同規範。如果打破規則，必須是刻意為之。你必須先了解規則，才能打破規則。粗心犯錯不算革命。

如果你不清楚真正的規則，就可能會誤信假規則。我經常看到一些根據假的文法詞彙訂出來的偽寫作規則，舉例以下。

假規則：用「There is」開頭的句子屬於被動時態，好作家寫作時從不使用被動時態。

事實上好作家常常用「There is」來造句。「There was a black widow spider on the back of his wrist.」（有一隻黑寡婦蜘蛛停在他腕背上）。「There is still hope.」（還有希望）。這種所謂「存在結構」乃是用來帶出後面的名詞，是非常基本而有效的方法。此外，根本沒有「被動時態」這回事。主動式與被動式不是時態，而是動詞的不同模式或語態。只要使用得當，無論採取哪一種模式都正確而有效。優秀作家兩者皆用。

政客、官僚和行政官員等人喜歡用「There is」的句型結

構，來規避應負的責任。以下是美國佛羅里達州州長史考特（Rick Scott）談到颶風對佛州共和黨大會的威脅時採取的說法：「There is not an anticipation that there will be a cancellation.」（「目前尚無取消活動的預期。」）不難看出這種狀似無辜但很有用的句型結構如何博得壞名聲了。

以下則是刻意違反假規則的例子：

假規則：「he」是英文中的通用代名詞。

刻意違規的例子：「Each one in turn reads their piece aloud.」（大家輪流朗讀自己的文章。）

文法霸凌會說這是錯誤的用法，因為 each one、each person 都是單數代名詞，不該用「their」。然而莎士比亞碰到 everybody、anybody、a person 時，也會用「their」作為所有格，我們在談話時經常如此〔蕭伯納也曾說：「It's enough to drive anyone out of their senses.」（這事任誰都會發瘋。）〕

從十六、七世紀以來，文法專家一直告誡我們這樣寫是錯的，不過他們當時也宣稱「he」這個代名詞可以包含兩性，例如「If a person needs an abortion, he should be required to tell his parents.」（假使有人需要墮胎的話，他應該稟報父母）。

我使用「their」的方式不但含有社會動機，而且政治正確：由於規範語言用法的人在社會和政治上大幅禁用無性別

代名詞，以強推男性是唯一重要性別的觀念，我刻意以此作為回應。我不斷打破我認為虛假而有害的規則。我很清楚自己在做什麼，以及為何這樣做。

對寫作者而言，這點非常重要：知道自己如何使用語言，以及為何這樣做，包括必須清楚了解文法和標點符號，並掌握嫻熟的運用技巧，不是視之為阻礙寫作的規則，而是供你所用的工具。

檢視第一章例 2 的《卡城名蛙》段落：作者刻意採用「不正確」的用法，但無懈可擊的標點符號扮演重要角色，讓讀者清楚聽到方言的用法和抑揚頓挫。下標點時漫不經心，句子會變得模糊不清、拗口難讀。標點下得聰明，文章就會流暢清晰。而流暢清晰非常重要。

下面這個練習純粹是為了讓你有所覺悟。透過禁止使用標點符號，讓你好好思考標點符號的價值。

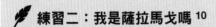

練習二：我是薩拉馬戈嗎 10

寫一段文字，一頁（150～350字）的敘述，但不加任何標點符號（不分段，也沒有其他打斷文字的設計）。

建議的主題：一群人加入匆忙或鬧哄哄或混亂的活動。例如一場革命、車禍現場、或一日拍賣會的頭幾分鐘。

團體討論時：大家先默讀文章。當作者大聲朗誦自己的文章時，文章或許還不會太難懂。不過一旦去除作者的聲音，文章仍然容易理解嗎？

評論習作時可以思考或討論的問題：這個題目適不適合採用文字持續流動不中斷的方式來寫作？在什麼情況下，可透過不加標點的文句來敘事？

寫作後可以思考的問題：寫作時感覺如何；和平常寫作時採用標點符號來引導和打斷文句，有什麼不同？無論你因此採用了不同於以往的寫作方式，或找到不同途徑來表達你

---

10. 譯註：薩拉馬戈（José de Sousa Saramago, 1922-2010）為葡萄牙作家，一九九八年諾貝爾文學獎得主，作品包括：《修道院紀事》、《盲目》、《里斯本圍城史》等。薩拉馬戈的小說通常句子很長，大量的文字連綿不絕，卻只用極少量的標點符號。

想寫的題目都好。值得作這樣的嘗試嗎？寫出來的東西可讀性高不高？

假如你平時不怎麼思考標點符號的問題，下面是你的挑戰：獨自坐下來，拿一本你很喜歡而且欣賞的書，挑幾個段落來讀，但只研究標點符號。作者在幹什麼，她為何以這種方式打斷文句，她為何在這個地方暫時停頓，文章的節奏律動有多大程度靠標點符號建立，作者是怎麼辦到的？

一星期後：再拿出習作好好讀一遍，並加上標點符號，或許會很好玩。書寫未加標點的段落時，必須設法在沒有標點符號的情況下清楚表達。等到要加標點符號的時候，可能需要部分改寫。你認為哪個版本比較好？

我小時候曾經在一本謎語書上讀到一個有四部分的句子，充分展現符號的力量，尤其是使用分號的目的。以下句子完全未加標點符號：

All that is is all that is not is not that that is is not that that is not that is all.

你只需加三個分號，就能讓句子呈現出意義。也可以全部改用句號，但就比較不是那麼連貫流暢。

3/句子的長度及複雜的句型結構

句子是神祕的東西，我不會試圖說明句子是什麼，只會談一談句子是做什麼用的。

敘事時，句子的主要職責是帶出下一個句子。

除了這個看不見的基本任務，敘述句當然還可以做到無數我們聽得到、摸得著、美妙、驚人而令人震撼的事情。句子為了做到這些事情，必須具備一個特別重要的特質：連貫性。句子必須相互呼應，密切結合。

前後不一致、散漫凌亂、拼湊出來的句子要自我凝聚已經很困難了，遑論還要無縫接軌地帶出下一個句子。正確的文法有如優秀的工程技術：機器能夠運作順暢，是因為零件都各司其職。在文法上粗心大意，有如糟糕的設計加上沙子跑進齒輪裡，而且密封墊也弄錯尺寸。

以下是設計句子時最常見的問題，第一個問題尤其普遍。

錯置

She fell down as she stood up and broke her nose.

The conversation was all about the accident which was very boring.

He was sure when the test came he could pass it.

這句話究竟是指測驗卷發下來之後，他看過了，覺得很容易，還是不管什麼時候測驗，他都已胸有成竹？

She, which was quite unnecessary, sent a snitty reply to his e-mail.

She sent a snitty reply to his e-mail, which was quite unnecessary.

She sent a snitty reply to his email unnecessarily.[11]

不妨這樣想：有個最好的方式可以讓句子各部分組合起來十分契合，身為作家，你的責任就是找到最好的方式。你原先可能沒注意到句子哪個部分放錯位置，等到為了校訂文章重讀一遍時才看出來。你可能只需把句子稍稍調動次序，重組語詞就可以了，也可能需要重新思考，改寫整個句子。（你會如何修改上面那三個回覆電郵的失敗嘗試？）

垂懸修飾語

Leaving the house, a giant oak towered over them.

（走出屋子，巨大的橡樹高高聳立著。）

After eating a good dinner, the sofa looks plump and alluring.

（吃了一頓大餐後，沙發看來圓鼓鼓的，十分誘人。）

幾乎所有的作家都曾寫過這類句子，有的無傷大雅，但會走路的樹和貪吃的沙發真的很煞風景。

連接詞太多

They were happy and they felt like dancing and then they felt like they had been reading too much Hemingway and It was night.

（他們很開心而且想跳舞然後他們覺得已經讀了太多海明威了而現在是晚上。）

They wanted to be happy but it was too dark to dance but nobody had any good music anyway.

（他們想開心一下然而已經天黑不適合跳舞但反正沒有好音樂。）

用連接詞把短句串在一起，就寫作風格而言，沒什麼不妥，但太過孩子氣的用法會如嬰兒牙牙學語般不知所云，讀者難以跟上故事的發展。

但你希望讀者會繼續往下讀。你是吹笛子的人，你寫的句子就是你吹奏的曲調，而讀者就是哈梅爾村聞聲而來的孩

---

11. 譯註：關於錯置的幾個例句：She fell down as she stood up and broke her nose.（錯置在於：可能指「她站起來且弄斷鼻骨時跌倒了」，也可能是「她站起來時跌倒了且弄斷鼻骨」。）

The conversation was all about the accident which was very boring.

（直譯為「談話全是關於非常沉悶的意外」，可是「沉悶」應該是形容他們的談話。）

後面三句如直譯則為：She, which was quite unnecessary, sent a snitty reply to his e-mail.

（她，頗不必要的，寄了一封氣沖沖的信回覆他的電郵。）

She sent a snitty reply to his e-mail, which was quite unnessary.

（她寄了一封氣沖沖的信回覆他的電郵，這樣做頗不必要。）

She sent a snitty reply to his email unnecessarily.

（她不必要的寄了一封氣沖沖的信回覆他的電郵。）

子（或你喜歡的話，也可以把他們當成那些老鼠）。[12]

　　弔詭的是，如果你吹的曲調非常奇特，如果你的句子過於非比尋常、華而不實，可能會分散讀者的注意力，以至於跟不上故事的發展。對付這種因過於宏大而阻礙故事的句子，有個早已過度引用的可惡忠告正好派上用場：「捨棄你的最愛」。句子的排列順序太出人意表，或裡面的形容詞和副詞過於突出，或採用的**明喻（simile）**[13]**或隱喻（metaphor）**[14]令人眼花撩亂，都不適合當敘述句，會讓讀者讀到一半停下來，即使只為了說：「噢！」

　　詩就不是如此了。在詩作中，一行詩句，寥寥數語，都能令讀者屏息落淚，暫停片刻，領會詩句之美。許多人讚嘆納博科夫（Vladimir Nabokov）[15]之類的作家精雕細琢的華麗散文，我卻反而覺得讀著讀著就難以為繼，因為要不斷停下來讚嘆。

　　持平而論，雖然每個句子都應該優雅前行，但散文獨特的力與美，仍需經由完整的作品，才能充分展現。

　　第一個練習名為「賞心悅耳」，是因為我希望一開始就提出一個備受忽視的事實：好文章總是聽起來很愉悅。但是許多出色的敘事文章，尤其是長篇敘事，並非單靠令人目眩神迷的文字魅力，往往是聲音、韻律、背景、人物、行動、互動、對話和感覺綜合起來的整體效果，令我們屏息落淚……翻到下一頁，想知道接下來會發生什麼事。所以在每

個場景結束前，每個句子都應該帶出下個句子。

每個句子都有自己的律動，並形成作品整體節奏的一部分。歌曲透過節奏而流動，馬匹奔馳，故事則不斷運行推進。

---

12. 譯註：源於格林童話中吹笛人的故事。

13. 作者註：Simile（明喻）
用「像」或「如」來描述的比喻：「她的臉紅得有如火雞。」「我的愛就像紅色的玫瑰。」明喻和隱喻的差別是，明喻會坦率比喻或形容——「我像夜鶯般守望著」——而在隱喻中，「像」或「如」這類字眼不見了：「我是一部相機。」

14. 作者註：Metaphor（隱喻）
是隱含的比喻或描述。不說 A 像 B，而說 A 是 B。所以你不說：「她像羊一樣溫順。」而會說：「她是頭羊。」在英文中，你不會說：「我這裡讀一點，那裡讀一點，就好像牛吃草時這裡吃一吃，又到那裡吃一吃。」而會說：「我正在瀏覽這本書。」（I am browsing through the book.）（譯註：「瀏覽」的英文字 browse 同時也是「吃草」的意思。）
許多用語其實都是隱喻。很多罵人的話是隱喻，例如：「你這笨蛋！」「那個老屁股！」搖筆桿的人需要注意的是，把常見的「死喻」（dead metaphor，譯註：指因過度使用而失去隱喻的性質，變成慣用語）混著用時，句子往往會變得可怕，例如：「Everybody in the department is going to have to put on his thinking cap, get down to brass tacks, and kick ass.」（部門裡每個人都得認真動動腦筋，好好討論正經事，加把勁好好幹。）

15. 譯註：納博科夫 (1899-1977) 為俄裔美國小說家。蘇維埃成立後，納博科夫一家被迫離開俄國。納博科夫曾流亡英、法、德等國，後移民美國，被視為俄國流亡世代中最優秀的作家之一。代表作有《蘿麗塔》（*Lolita*）、《幽冥的火》（*Pale Fire*）等。

散文有很大程度要靠句子的長短形成韻律。

教師總是努力教學生寫出別人看得懂的文章，寫作格式教科書強調「透明清晰」的風格，新聞記者也有自己的古怪規則和迷信，再加上作品中砰砰聲不斷的驚悚小說家——都在很多人腦子裡灌輸一個觀念：唯有短句才是好句子。

遭判刑的犯人也許贊同，我卻不以為然。[16]

悲哀的是，人們不只沒辦法寫複雜的句子，甚至也無法讀複雜的句子。「噢，我沒辦法讀狄更斯的小說，裡面都是些很長的句子。」我們的文學正在這種愚笨化趨勢中日益淪喪。

很短的短句，無論是單獨一句或屬於系列短句的一部分，只要放對地方，效果都非常好。但散文如果通篇是句法簡單的短句，會感覺支離破碎、單調而惱人。假使充滿短句的散文寫得很長，無論內容為何，砰—砰—砰—的節拍會給文章一種虛假的樸素感，很快就會聽來愚蠢乏味。看史波特。看珍。看史波特咬珍。[17]

充滿短句的散文「更像我們說話的方式」，完全是一種迷思。寫作時造句會比說話時更加深思熟慮，因為寫作時可以深入思考，寫完後還能再次修訂。說話時往往比寫作用更多**相互連結（articulated）**[18] 的長句子，藉由一大堆**子句（clause）**[19] 和修飾詞來表達複雜的想法。口述內容通常囉嗦得不得了。亨利‧詹姆斯（Henry James）如果對祕書口述小

說內容，他想要修飾和插入語詞、在子句中嵌入子句的情況
很容易失控，而阻礙敘事的流暢度，令文章失去平衡，幾乎
變成拙劣的自我模仿之作。仔細聆聽自己的散文和愛上自己
的聲音，完全是兩回事。

---

16. 譯註：前面那句「唯有短句才是好句子」(the only good sentence is a short sentence)，
也可譯為「唯有短刑期才是好的判決」，是雙關語，「sentence」，除了代表「句子」，
也有「判決、課刑」的意思，所以後面才說「遭判刑的犯人也許贊同」

17. 譯註：珍（Jane）和史波特（Spot）都是 1930 年代到 1970 年代風行於美國的系列
幼兒讀本《狄克與珍》（*Dick and Jane*）中的主要角色，狄克是小男孩，珍是小女孩，
而史波特是他們養的狗。讀本的每一頁都有大大的圖畫，加上幾個簡單而重複的字句，
例如「Jane. See Jane. See Jane run.」（「珍。看珍。看珍跑。」）或「Come. Come,
Spot. Come.」（「來。來。史波特，來。」）

18. 作者註：Articulated（連結的、接合的）
就如同在「an articulated skeleton」（以關節連結的骨架）中的意思。

19. 作者註：Clause （子句）
子句是有主詞和述詞的一組字。
前面這個句子的原文（A clause is a group of words that has a subject and a predictive）
前半部可以獨立存在，稱之為「主要子句」。主詞是「clause」這個名詞，述詞是「is」
這個動詞加上主詞補語「a group of words」。由於這是主要子句，所以「clause」和「is」
同時也是整個句子的主詞和述詞。
附屬子句不能獨立存在，但是和主要子句相關。在上述句子中，附屬子句是「that has
a subject and a predictive」。這個附屬子句的主詞是「that」，而述詞是「has a subject
and a predictive」。
當作者要表達的想法和情況很複雜時，子句也以複雜的方式彼此相關，出現在子句中
的子句，像中國套盒（Chinese box）般，盒子裡還套著一個盒子，就稱之為「嵌入式」
（embeded）子句。（上面那句話中的「盒子裡還套著一個盒子」就是嵌入式子句。）

敘事散文主要由複雜的長句所構成，裡面充滿**嵌入式子句和各種句法架構（armature）**[20]，應該小心以對。我們需要小心而明智地處理長句子，打造穩固的結構；同時建立清楚的連結，讓流暢的文句引領讀者輕鬆讀下去。在複雜的句型結構中，彈性靈活的連結有如長跑選手的肌肉和肌腱，能設定適當的步調，持續前行。

寫作時沒有最適當的句子長度，多樣化是最好的策略。好文章的句子長短需考量前後句之間的相互對比和交互作用，以及看句子究竟是在說什麼和有何用途而定。

凱特開槍。是個短句。

凱特察覺丈夫其實沒怎麼注意聽她說話，但也觀察到自己根本不在乎丈夫有沒有注意聽，這樣的無感或許是一種不祥的徵兆，但她還不想思考這個問題。句子很可能需要有相當的複雜度和一定的長度，才足以表達這類主題。

修訂文稿時，可能需要檢查句子型態是否豐富多樣，如果一直靠短句斷斷續續地疾行，或在長句的泥沼中辛苦跋涉，那麼不妨變換一下節奏和步調。

---

20. 作者註：Armature（架構）就像摩天大樓的鋼構。

　　接下來的例5，珍・奧斯汀（Jane Austen）的散文十分接近十八世紀均衡的散文風格，在現代讀者耳中聽來，或許顯得莊重典雅或過於冷靜自持；但如果大聲朗讀（你會訝異文章竟然如此易讀），你會聽到作品的生動與豐富性，感受到平易中的力量。（奧斯汀小說改編的多部電影裡面的對話幾乎都完全依照原書，毫無更動。）在例12中句型結構複雜但清晰。許多地方都採用分號作為連結來拉長句子，所以即使奧斯汀當初使用句號，而非分號，大部分的句子依然「正確」無誤。她為何不用句號呢？

　　第二段整段只有一個句子。如果你大聲朗讀，就會聽到句子的長度為最後一個子句增添的分量。不過，句子雖長，卻不覺沉重，因為作者將句子切割成一個個充滿律動的重複句：「多麼悲慘，多麼不可饒恕，多麼絕望，又多麼可惡……」

▌ **例5** ▌
摘錄自珍・奧斯汀《曼斯菲爾德莊園》

　　湯瑪斯爵士覺得，對芬妮的這番責難，真是太不公平了，雖然他自己不久前才表達了相同的觀感，於是他試圖改變話題；他一直試了又試；因為諾瑞斯夫人沒什麼見識，不管是現在或其他時候，她都不明白湯瑪斯爵

士是多麼欣賞外甥女，或他多麼不希望藉由貶低外甥女來烘托出自己女兒的美德。她對著芬妮喋喋不休，晚餐有一半時間都恨恨說著芬妮私自去散步的事。

　　無論如何，事情終於落幕；隨著夜晚來臨，芬妮更加泰然自若，心情也更愉快，經歷過早晨的狂風暴雨後，她原本不敢奢望如此；然而她首先相信自己做得對，她的判斷沒有誤導她；她可以擔保自己動機純正；其次，她希望姨丈的怒氣會漸漸消散，而且等到他更加公允地思考整件事之後還會進一步消氣，只要好人都會同意，沒有愛情的婚姻是多麼悲慘，多麼不可饒恕，多麼絕望，又多麼可惡。

　　等到明早她被迫參加的會面結束後，她一定得恭維自己終於把事情了結了，而且克勞福先生一旦離開曼斯菲爾德莊園，一切就會雲淡風輕，彷彿從來不曾發生過。她不會、也無法相信克勞福先生會癡情到久久無法釋懷；他不是這種人。他很快就會在倫敦得到療癒。他到倫敦後就會開始納悶當初怎會如此癡情，還會慶幸多虧她的明智，才能挽救他免於萬劫不復。

Jane Austen: from "Mansfield Park"

As a general reflection on Fanny, Sir Thomas thought nothing could be more unjust, though he had been so lately expressing the same sentiments himself, and he tried to turn the conversation; tried repeatedly before he could succeed; for Mrs. Norris had not discernment enough to perceive, either now, or at any other time, to what degree he thought well of his niece, or how very far he was from wishing to have his own children's merits set off by the depreciation of hers. She was talking at Fanny, and resenting this private walk half through the dinner.

It was over, however, at last; and the evening set in with more composure to Fanny, and more cheerfulness of spirits than she could have hoped for after so stormy a morning; but she trusted, in the first place, that she had done right, that her judgment had not misled her; for the purity of her intentions she could answer; and she was willing to hope, secondly, that her uncle's displeasure was abating, and would abate farther as he considered the matter with more impartiality, and felt, as a good man must feel, how wretched, and how unpardonable, how hopeless and how wicked it was, to marry without affection.

When the meeting with which she was threatened for the morrow was past, she could not but flatter herself that the subject would be finally concluded, and Mr. Crawford once gone from Mansfield, that every thing would soon be as if no such subject had existed. She would not, could not believe, that Mr. Crawford's affection for her could distress him long; his mind was not of that sort. London would soon bring its cure. In London he would soon learn to wonder at his infatuation, and be thankful for the right reason in her, which had saved him from its evil consequences.

　　下面摘錄自《湯姆叔叔的小屋》（*Uncle Tom's Cabin*，亦譯《黑奴籲天錄》）的有趣片段乃是由幾個連結鬆散的長句所組成，以擬聲法呈現出作者筆下沒完沒了、顛簸混亂的旅程。史托伊（Harriet Beecher Stowe）並非大家所謂「風格獨具的散文大師」，但說起故事絕對是一流高手。她的散文達到她想要的效果，也帶著我們踏上有趣旅程。

▌例6▌
摘錄自史托伊《湯姆叔叔的小屋》

　　我們的議員就在這樣的路上搖晃前進，在這種情況下可以預期他沿途一直斷斷續續作道德上的反省——馬車前進時不停的——砰！砰！砰！爛泥！車子陷入泥漿！——議員、婦人、和小孩冷不防的，突然調換位置，還沒調整好座位呢，就撞上面向山下的窗戶。馬車牢牢陷在爛泥中，可以聽到車外面的庫喬高聲吆喝著馬兒。他們怎麼樣又拉又拽都沒用，議員正要失去耐性的時候，馬車突然彈跳一下自個兒修正了位置，——兩個前輪陷入另外一個深坑，於是議員、婦人、和小孩都跌落前座，——議員的帽子粗魯地壓在眼睛和鼻子上，他簡

直是筋疲力盡；──孩子大哭，庫喬在外面大聲訓斥馬兒，馬兒在皮鞭抽打下，不斷蹬腳、掙扎、拉扯。馬車再度彈了起來，──後輪又陷下去──議員、婦人、和小孩又被拋到後座，他的手肘碰到她的帽子，她的雙腳踩在他剛震掉的帽子上。幾分鐘後，他們終於通過這塊泥沼，馬兒停下腳步，氣喘吁吁；──議員找到他的帽子，婦人整一整帽子並安撫小孩，大家重新打起精神面對即將來臨的一切。

* * * * *

Harriet Beecher Stowe: from "Uncle Tom's Cabin"

Over such a road as this our senator went stumbling along, making moral reflections as continuously as under the circumstances could be expected, — the carriage proceeding along much as follows, — bump! bump! bump! slush! down in the mud! — the senator, woman, and child, reversing their positions so suddenly as to come, without any very accurate adjustment, against the windows of the down-hill side. Carriage sticks fast, while Cudjoe on the outside is heard making a great muster among the horses. After various ineffectual pullings and twitchings, just as the senator is losing all patience, the carriage suddenly rights itself with a bounce, — two front wheels go down into another abyss, and senator, woman, and child, all tumble promiscuously on to the front seat, — senator's hat is jammed over his eyes and nose quite unceremoniously, and he considers himself fairly extinguished; — child cries, and Cudjoe on the outside delivers animated addresses to the horses, who are kicking, and floundering, and straining under repeated cracks of the whip. Carriage springs up, with another bounce, — down go the hind wheels, — senator, woman, and child, fly over on to the back seat, his elbows encountering her bonnet, and both her feet being jammed into his hat, which flies off in the concussion. After a few moments the "slough" is passed, and the horses stop, panting; — the senator finds his hat, the woman straightens her bonnet and hushes her child, and they brace themselves for what is yet to come.

　　摘錄自馬克・吐溫（Mark Twain）《頑童流浪記》（*The Adventures of Huckleberry Finn*）的美麗片段可以當作各種寫作技巧的範例，但姑且用它來示範很長的句子，裡面包含了以分號串聯的短句或相當短的子句，掌握了一個人大聲說話的律動，甚至音質。你不能像演講般念出這段內容，不能拉高嗓門朗誦。它有自己的聲音：哈克的聲音，輕描淡寫，完全不招搖，而且冷靜、溫和、單調。像河水般靜靜流動，如白日將至般的篤定。裡面的文字大都簡短樸素。偶而出現一些文法專家所謂「不正確」的句型結構，把它絆住一會兒，然後就繼續流動，正如同裡面形容的殘株和水流。河裡有一些死魚，然後就旭日東昇了，這是文學作品中最偉大的日出之一。

▌ 例7 ▌
摘錄自馬克・吐溫《頑童流浪記》

　　……然後我們坐在水深及膝的淺灘沙地上，迎接黎明到來。周遭聽不到任何聲音——完全寂靜——彷彿整個世界都睡著了，只有牛蛙還不時吵鬧幾聲，也許。從水面往遠處望，首先看到的是有點模糊的線條——是對岸的樹林——其他什麼也看不清了；接著天空出現一抹

灰白；然後多了些灰白，向四周擴散；河面也柔和起來，遠處不再暗黑一片，而是灰濛濛的；可以看到很遠很遠的地方，有些小黑點沿著河面漂流——運貨的平底船之類的；還有長長的黑線條——是木筏；偶爾可聽到陣陣嘎吱聲；或噪雜的聲響，四周如此寂靜，是遠處傳來的聲音；不消多久你可以見到河面水紋而從水紋的樣子就知道急流撞上河中突出的殘株讓水紋變成那樣；還可見到水面濛濛霧氣裊裊上升，東方漸漸染紅，紅到河面上，而遙遠的河對岸，依稀可見樹林邊有一棟小木屋，似乎是個木材場，旁邊堆著雀麥草，可以放隻狗到裡面鑽來鑽去；然後陣陣和風吹起，從那邊吹過來，輕輕拂過你的臉龐，多麼清新涼爽，氣味香甜，因為夾雜著樹與花的香氣；但有時又不見得如此，因為隨處可見他們留下的死魚，雀鱔之類的，實在挺臭的；而接下來天空就大放光明了，陽光照耀下，萬物微笑，鳥兒歡唱！

Mark Twain: from "The Adventures of Huckleberry Finn"

...then we set down on the sandy bottom where the water was about knee deep, and watched the daylight come. Not a sound anywheres — perfectly still — just like the whole world was asleep, only sometimes the bull-frogs a-cluttering, maybe. The first thing to see, looking away over the water, was a kind of dull line — that was the woods on t'other side — you couldn't make nothing else out; then a pale place in the sky; then more paleness, spreading around; then the river softened up, away off, and warn't black any more, but gray; you could see little dark spots drifting along, ever so far away — trading scows, and such things; and long black streaks — rafts; sometimes you could hear a sweep screaking; or jumbled-up voices, it was so still, and sounds come so far; and by-and-by you could see a streak on the water which you know by the look of the streak that there's a snag there in a swift current which breaks on it and makes that streak look that way; and you see the mist curl up off of the water, and the east reddens up, and the river, and you make out a log cabin in the edge of the woods, away on the bank on t'other side of the river, being a woodyard, likely, and piled by them cheats so you can throw a dog through it anywheres; then the nice breeze springs up, and comes fanning you from over there, so cool and fresh, and sweet to smell, on account of the woods and the flowers; but sometimes not that way, because they've left dead fish laying around, gars, and such, and they do get pretty rank; and next you've got the full day, and everything smiling in the sun, and the songbirds just going it!

在下面吳爾芙（Virginia Woolf）筆下段落中，請聆聽長短不一的句子、複雜的句型結構，包括使用括弧，以及因此產生的韻律，流動、中斷、停頓、再度流動——然後，在只有一字（Awake）的短句中戛然而止。

▋例8▋
吳爾芙〈歲月流逝〉
摘錄自《燈塔行》

　　然後寧靜真的來臨了。寧靜的訊息隨著大海的氣息傳送到岸上。絕不再打斷它的睡眠，反而哄它睡得更沉，無論做夢的人神聖地、明智地夢到了什麼，要確認——它還咕噥了些什麼——當莉莉·布里斯科在乾淨寂靜的房間裡把頭擱在枕頭上聆聽大海。美好世界的聲音從敞開的窗戶傳進來，輕柔的低語聲讓人聽不清它在說什麼——但聽明白了又如何呢？懇求沉睡的人（屋裡又住滿人了；貝克維斯太太住在這兒，還有卡麥可先生），如果他們不願親自走到沙灘上至少也拉起百葉窗往外望。他們就會看到紫色夜幕正流洩而下；他的頭上戴著王冠，權杖鑲上珠寶；而孩子也許會如何注視他的眼睛。假如他們仍遲疑（莉莉因為旅途勞累，幾乎立刻睡著；

但卡麥可先生還在燭光下看書），假如他們仍然說不，如此的璀璨，只不過是水汽，露珠還比他更有力量，他們寧可睡覺；於是沒有怨言，毫不爭辯，那聲音會溫柔地唱著它的歌。浪濤輕輕拍岸（莉莉在睡夢中聽到）；光溫柔地落下（似乎穿過她的眼皮）。卡麥可先生心想，一切看起來，他闔上書本，睡著了，都和從前一樣。

的確，隨著夜幕低垂籠罩著屋子，籠罩著貝克維斯夫人、卡麥可先生、和莉莉・布里斯科，所以躺在床上的他們眼睛都蒙上好幾層黑暗，那聲音可能繼續說為什麼不接受它，感到知足，默許並順服呢？環繞島嶼的海浪一波波拍岸的嘆息聲撫慰了他們；夜晚籠罩住他們；沒有什麼事情打斷他們的睡眠，直到，鳥兒開始鳴叫而黎明把細薄的鳥叫聲織進白色曙光中，馬車輾著馬路，狗兒在某處狂吠，太陽拉起簾幕，掀開蒙在他們眼睛上的罩紗，沉睡中的莉莉・布里斯科動了動。她抓起毯子彷彿墜崖的人緊抓著懸崖邊的草不放。她睜大眼睛。她又來到這兒了，她心想，在床上直起身子。醒來。

Virginia Woolf: from "Time Passes" in *To the Lighthouse*

Then indeed peace had come. Messages of peace breathed from the sea to the shore. Never to break its sleep any more, to lull it rather more deeply to rest, and whatever the dreamers dreamt holily, dreamt wisely, to confirm — what else was it murmuring — as Lily Briscoe laid her head on the pillow in the clean still room and heard the sea. Through the open window the voice of the beauty of the world came murmuring, too softly to hear exactly what it said — but what mattered if the meaning were plain? entreating the sleepers (the house was full again; Mrs. Beckwith was staying there, also Mr. Carmichael), if they would not actually come down to the beach itself at least to lift the blind and look out. They would see then night flowing down in purple; his head crowned; his sceptre jewelled; and how in his eyes a child might look. And if they still faltered (Lily was tired out with travelling and slept almost at once; but Mr. Carmichael read a book by candlelight), if they still said no, that it was vapour, this splendour of his, and the dew had more power than he, and they preferred sleeping; gently then without complaint, or argument, the voice would sing its song. Gently the waves would break (Lily heard them in her sleep); tenderly the light fell (it seemed to come through her eyelids). And it all looked, Mr. Carmichael thought, shutting his book, falling asleep, much as it used to look.

Indeed, the voice might resume, as the curtains of dark wrapped themselves over the house, over Mrs. Beckwith, Mr. Carmichael, and Lily Briscoe so that they lay with several folds of blackness on their eyes, why not accept this, be content with this, acquiesce and resign? The sigh of all the seas breaking in measure round the isles soothed them; the night wrapped them; nothing broke their sleep, until, the birds beginning and the dawn weaving their thin voices in to its whiteness, a cart grinding, a dog somewhere barking, the sun lifted the curtains, broke the veil on their eyes, and Lily Briscoe stirring in her sleep. She clutched at her blankets as a faller clutches at the turf on the edge of a cliff. Her eyes opened wide. Here she was again, she thought, sitting bolt upright in bed. Awake.

◆ 延伸閱讀

吳爾芙的思維和作品本身就令人讚嘆，對任何正在思考寫作方法的人更是有用。在我聽來，吳爾芙散文中的韻律在英文小說中不但最細膩、也最高明。

吳爾芙在給朋友的信中，曾經這麼說：

風格很單純，完全關乎韻律。一旦你掌握了韻律，就不可能用錯字。但另一方面，上午已經過了一半，而我還坐在這裡，腦子裡一堆想法，和各種想像等等，卻沒辦法把它用出來，因為找不到適當的韻律。究竟韻律是什麼，這是很深刻的問題，比文字深奧許多。某個景象、某種情感，早在還沒有找到適當字眼之前，已經在心靈中創造出這股波動。

我從沒讀過任何文章能像這樣直指核心地說明寫作的奧祕。

奧布萊恩（Patrick O'Brian）的航海系列小說〔系列首部為《艦長與司令官》（*Master and Commander*）〕裡面的句子是如此的清晰、生動、流暢，你簡直無法相信那些句子竟然這麼長。馬奎斯（Gabriel García Márquez）曾在好幾部小說中實驗不中斷的句子與不分段的做法。至於很短的短句，

或以「and」將短句串聯成長句的做法，或許可以讀一讀史坦
（Gertrude Stein）或海明威的作品，後者也從史坦的作品中
學到很多。

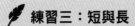

練習三：短與長

之一：用不到七個字的句子，寫一段100～150字的敘述。不能出現**殘缺句**或**句子片段**（sentence fragment）[21]！每個句子都必須有主詞和動詞。

之二：以350字為限，只用一個句子，寫半頁到一頁的敘述。

建議主題：第一部分的練習可以選擇有點緊張而激烈的行動——例如竊賊闖入有人熟睡的房間。第二部分的長句子適合強烈而凝聚的情感，將許多人涵蓋在內。或許

---

21. 作者註：Sentence fragment（殘缺句、句子片段）
用來代替整個句子的片段。
英文的每個句子都有主詞（名詞或名稱或代名詞）和述詞（動詞和受詞）。例如前面這句話（A sentence has a subject and a predicate.）的主詞為「sentence」，述詞則為「has a subject and a predicate」。殘缺句或句子片段則缺乏主詞或述詞或兩者都缺，例如：
No sentence fragments!
Going where?
Too late, too late.
我們說話的時候，經常這麼說，寫作時也一樣；但在書寫時，殘缺句的前後文必須能清楚暗示句中省略掉的字。在敘述中重複使用這類殘缺句聽起來會怪怪的，或有點做作。

可以試試家庭回憶，不管是虛構的或真實的，例如在晚餐桌上或醫院病榻旁的某個關鍵時刻。

請注意：短句不見得都要用短字；長句也不是非得用長字。

評論時：故事中的短句或長句究竟有多適合這個故事，或許是很有趣的討論題目。短句讀起來自不自然？長句的結構如何——小心連結各個片段，還是只靠一道洪流？長句的句法結構是否清楚可靠，不會讓讀者半途迷路，需要不斷回頭重新開始？文章容不容易讀？

寫完後不妨思考或討論：如果某部分的練習迫使你以通常不會採用的方式寫作，想想看，你覺得這次經驗很愉快、很有用、讓你抓狂，還是極具啟發性，為何如此。

補充練習：再作一次練習三

之一：如果你第一次練習時，以比較正式的聲音寫作，請用**口語**（colloquial）[22] 或甚至方言再作一次練習，採用相同或不同的主題均可，也許是某人在對另外一個人說話。

如果你一開始就用口語寫作，這次不妨拉開距離，嘗試比較疏離的作者聲音。

之二：如果你寫的長句子句型結構很簡單，主要透過「and」或分號來連接，這次不妨嘗試用一些比較花俏的子句──讓亨利・詹姆斯瞧瞧。

如果你已經這樣做了，那麼就嘗試另外一種「洪流」模式，讓「and」、破折號等等傾瀉而出。

兩個部分：如果你用不同的句子長度說兩個不同的故事，或許可嘗試用長短不一的句子把同一個故事再說一遍，看看故事會有什麼不同。

---

22. 作者註：Colloquial（口語）

口說的語言（相對於書寫的語言）；或寫作時模仿說話的輕鬆、非正式的調子。我們拿來當作範例的兩篇馬克・吐溫的作品都是口語式寫作的優美範例。大部分的敘事即使不是非常正式，都不算完全口語化。

這時候應該開始討論段落的問題。段落和句子一樣,是關乎整體敘事內容先後次序和相互連結的關鍵要素。不過分段的練習必須長達數頁才有效用。儘管分段問題這麼重要,卻很難抽象討論。

改稿的時候切記:在哪裡縮排另起一段非常重要,能在故事的流動中展現連結和分立;分段是敘事結構的根本要素,是敘事結構和作品韻律型態的一部分。

以下乃是抱持特定立場的意見,所以我把它定調為「短評」。

關於分段問題的短評

我在好幾本教寫作的書中都看到諸如此類的陳述:「小說應該用只有一句話的段落作為開頭」、「故事的任何段落都不應該超過四句」。真是廢話連篇!這類「規則」可能源自於定期出版的刊物——報紙、廉價雜誌、《紐約客》雜誌等等——這些報章雜誌,以頻繁的縮排分段、放大起始大寫字母、以及換行,來打破密密麻麻的灰色印刷字體。如果你在這類刊物發表文章,可以預期編輯會替你增加換行和分段,但自己寫文章時則不需要這樣做。

盡量讓段落和句子保持簡短的「規則」,通常出自喜歡吹噓「如果我寫的句子聽起來文謅謅的,我會把它扔了」的

作家，然而他們創作神祕小說或驚悚小說時那種抿著嘴、充滿男子氣概的極簡風格——不也算一種自成一格的文學形式嗎？

4/
重複

　　新聞記者和學校老師純粹出於一片好意，但可能管太多了。他們有個古怪霸道的規則，要求我們在同一頁文章中不准重複用同一個字，逼得我們情急之下，拚命在同義字典中搜尋牽強的同義字和可替換的詞語。

　　當你腦中一片空白，想不出可用的詞語，或當你真的必須改換用語時，同義詞典非常重要，但應該小心使用。從詞典中找來的字（其實不是你的字），在文章中可能會如鶴立雞群般突出，而且會改變文章的調性。「她有足夠的奶油、足夠的糖、足夠的茶」和「她有足夠的奶油、分量充足的糖，和豐富充裕的茶葉」其實不太一樣。

　　遣詞用字太重複，經常沒來由地強調某個字，會顯得笨拙可笑，例如：「他在他的書房讀書。他讀的書是柏拉圖的書。」寫作時如果沒有再讀一讀自己寫的東西，很容易出現這類孩子氣的重複。這種毛病每個人偶爾都會犯，只要在校訂時找到同義字或不同的語詞來替換，就沒問題了，例如：「他在書房裡研讀柏拉圖的著作，並作筆記。」

　　然而直接訂下規矩，叫大家絕不可在同一段落中重複同一個字，或挑明了要大家避免重複，就違反了敘事散文的本質。重複的詞語、意象；重複以前說過的話；重演過去的事件；種種的回聲、反思、變奏：無論是口述民間故事的老祖母或老練的小說家，所有的敘事者都會採用這些技巧，而散文撼動人心的力量很多時候也來自於巧妙運用這些設計。

　　散文不能像詩一樣押韻、和諧共鳴、重複相同節拍，或即使真的行文如詩，也必須處理得更微妙細膩些。散文的韻律──而重複是形成韻律的主要方式──通常都隱晦不明，可能長而廣，涵蓋故事的整體形貌，貫穿小說各事件的發展過程：涵蓋幅度大到難以察覺其韻律，就如同開車行駛於山路時，很難看清山的全貌。但大山始終都在。

　　〈雷獾〉（*The Thunder Badger*）是宗教性或儀式性的敘事，這種口語形式出現時，詩和散文之間還界線模糊。這類敘事完全無懼於重複，坦然且頻繁地利用重複來塑造故事，彷彿咒語般，賦予文字應有的威嚴和力量。這個派尤特族（Paiute）的故事並非極神聖的宗教故事，只是一般神話。和大半的故事一樣，應該在冬天說這個故事比較好。很抱歉我挑錯季節來重述故事，但請務必大聲朗誦。

▌例9▌

馬爾斯登〈雷獾〉[23]

摘錄自《奧瑞岡的北派尤特族語言》

　　他，雷公，憤怒大地乾旱，土地不再濕潤，他想讓大地濕潤，因為水已乾涸。

　　他，雷公，雨神，住在雲端。他有霜。他，雷的魔法師，長得像獾；雨的魔法師，他，雷公。他挖呀挖，仰頭望天，然後雲來了；然後雨來了；然後是大地的詛咒；雷來了；閃電來了；惡魔在說話。

---

23. 譯註：此書的英文譯本乃逐字翻譯自原詩，並由本書作者勒瑰恩微幅改編。

他，真正的獾，唯有他，鼻頭有白色條紋，還有背上。那是他，唯有獾，長這樣。他，雷的魔法師，當他挖呀挖，當他像這樣刨著地，不喜歡乾涸大地。然後他仰頭望天，他造雨；然後雲來了。

＊　　＊　　＊　　＊　　＊

"The Thunder Badger," from W. L. Marsden, Northern Paiute Language of Oregon, a word-by-word translation, slightly adapted by U.K.L.

He, the Thunder, when he is angry that the earth has dried up, that he has no moist earth, when he wants to make the earth moist, because the water has dried up:

He, the Thunder, the Rain Chief, lives on the surface of the clouds. He has frost; he, the Thunder Sorcerer, appears like a badger; the Rain Sorcerer, he, the Thunder. After he digs, he lifts up his head to the sky, then the clouds come; then the rain comes; then there is cursing of earth; the thunder comes; the lightning comes; evil is spoken.

He, the real badger, only he, white stripes on his nose, here on his back. He it is, only the badger, this kind. He, the Thunder Sorcerer, that does not like dried-up earth when he is digging, when he is scratching this way. Then raising his head to the sky, he makes the rain; then the clouds come.

　　民間故事無論在語言或結構上，都大量自我重複：例如三隻熊的故事（*The Three Bears*）和其他一連串歐洲三個某某的故事（發生在歐洲的故事主角經常都三個一組，北美洲的民間故事則通常主角都多於四個一組）。讓孩子大聲朗誦的故事裡面都有很多重複之處。吉卜林的《原來如此故事集》（請參見例1）是絕佳範例，讓我們看到作者如何把重複語詞當咒語般運用，或作為一種結構設計，逗得孩子呵呵笑。

　　重複往往滑稽有趣。初次聽到米考伯先生（Mr. Micawber）說：「事情總會有轉機」時，大衛・考伯菲爾（David Copperfield）和我們都不以為意。[24] 等到我們在整本書中不斷聽到糊塗無能卻始終懷抱希望的米考伯先生一再重複幾乎相同的幾個字時，才覺得實在太滑稽了。讀者等著他重複同樣的幾個字，正如同海頓樂曲中必然會反覆出現的樂句一樣。然而每次米考伯說這幾個字時，都帶來更多意義，蓄積更多力量。在表層的滑稽底下埋藏的黑暗面，每次都更黑暗些。

---

24. 譯註：大衛・考伯菲爾和米考伯都是狄更斯名著《塊肉餘生錄》中的主要角色。米考伯曾是大衛的房東，後因欠債被關進倫敦負債人監獄一段時間。米考伯雖然命運多舛，卻始終樂觀懷抱希望，相信「事情總會有轉機」。米考伯的原型為狄更斯的父親約翰・狄更斯。狄更斯兒時，約翰也曾因債務問題入獄。

在下面的例子裡，明亮的場景為狄更斯這部灰暗的長篇小說營造氛圍，有一個字彷彿鎚子敲打般，不斷重複：

▌例 10 ▌

摘錄自狄更斯《小杜麗》

三十年前有一天馬賽城在大太陽底下發燒。

〔……〕馬賽城裡的一切，以及與馬賽相關的一切，都睜眼瞪視炙熱的天空，而天空也回瞪著底下的一切，到後來這互瞪已成為普遍的習慣。這些瞪著眼的白色房子、瞪著眼的白色牆壁、瞪著眼的乾旱道路、以及瞪著眼的山丘（原本的翠綠青蔥早已被烤焦），把初來乍到的陌生人盯得窘迫不安。只有果實纍纍的葡萄藤把頭低低垂下，沒有動也不動地盯著瞪著。〔……〕這種普遍的瞪視弄痛了眼。的確，只有遙遠的義大利海岸線，才稍稍舒緩，因為淡淡的雲霧從水氣氤氳的海面上冉冉升起，但這對其他地方還是沒有幫助。遠方瞪著眼的道路在塵土飛揚中，從山邊，從低谷，從一望無際的平原瞪視一切。遠處，路邊小屋旁垂掛著鋪滿灰塵的葡萄藤，一排排單調的枯木被太陽烤得乾乾的，毫無遮蔭，在大地與天空的瞪視下低垂著頭。

Charles Dickens: from "Little Dorrit"

Thirty years ago Marseilles lay burning in the sun one day.

[. . .] Everything in Marseilles, and about Marseilles, had stared at the fervid sky, and been stared at in return, until a staring habit had become universal there. Strangers were stared out of countenance by staring white houses, staring white walls, staring tracts of arid road, staring hills from which verdure was burnt away. The only things to be seen not fixedly staring and glaring were the vines drooping under their load of grapes. [. . .] The universal stare made the eyes ache. Towards the distant line of Italian coast, indeed, it was a little relieved by light clouds of mist, slowly rising from the evaporation of the sea, but it softened nowhere else. Far away the staring roads, deep in dust, stared from the hillside, stared from the hollow, stared from the interminable plain. Far away the dusty vines overhanging wayside cottages, and the monotonous wayside avenues of parched trees without shade, drooped beneath the stare of earth and sky.

　　當然，重複的情況不限於語詞，在故事中，結構重複與事件重演類似：彼此會相互呼應，把整個故事或整部小說都涵蓋在內。《簡愛》就是絕佳範例，各位或許可重讀《簡愛》第一章，一面讀，一面思考後面的章節。（如果你還沒看過《簡愛》，請務必讀一讀；你後半輩子就可以好好咀嚼這本小說。）第一章充滿各種預兆——提出的意象和主題到後面都會再度出現，貫穿全書。舉例來說，我們看到冷酷無情的房子裡出現一名外來者——安靜怕羞、自持自重的小女孩簡愛，躲在書本、圖畫和大自然的世界裡。有個較大的男孩喜歡欺負她、虐待她，後來做得太過火了，遭到簡愛反擊。沒有人挺身支持簡愛，她被關在據說鬧鬼的樓上房間。成年後的簡愛依然是個羞怯的外來者，出現在另一個家庭中，她在那兒面對霸道的羅徹斯特先生，最後被迫反抗，結果落得自己孤零零一個人。而那棟房子的樓上有個房間真的鬧鬼。

　　許多偉大小說頭幾章的大量內容都會以各式各樣的形貌，在整本書中不斷重複。敘事散文中單字、短語、意象和事件的漸進式重複，十分類似於樂曲結構中的展開部與再現部。

練習四

一再、一再、一再反覆

我沒辦法提出任何「情節」上的建議，因為這樣做有違這個練習的本質。

之一：字詞的重複

寫一個敘事段落（150字左右），至少包含三次名詞、動詞或形容詞的重複（必須是比較顯著的字詞，而不是像「是」、「說」、「做」之類大家幾乎視若無睹的字）。

（這個練習很適合在課堂上做。大聲朗讀習作的時候，不要告訴大家裡面重複使用了哪些字，看看其他人聽不聽得出來。）

之二：結構重複

寫個短短的敘事（350～1000字），裡面說了或做了一些事情以後，又再度呼應或重複這些事情，也許是在不同的情況下，或由不同的人說或做，或規模不同。

> 你喜歡的話，可以寫個完整的故事，或片段的敘事也無妨。

評論時，也許可把焦點放在重複的效果，以及重複的方式是顯而易見，還是微妙細膩。

完成習作後的思考或討論：本練習要求在敘事中刻意重複語詞、結構和事件，你們最初聽到這個概念時，感覺自在嗎？真正練習的時候，有沒有覺得自在一點？這樣的練習有沒有為作品帶來任何特殊的感情或題材或風格？可以進一步說明嗎？

我不確定非小說類作家能否自由使用重複結構的技巧。強將不同的事件納入重複的型態不啻作弊。然而察覺人生中各種際遇的既有型態，原本就是傳記寫作的目標之一。

不妨在小說和非小說類作品中尋找結構重複的例子。如果能了解重複、預兆和回音對敘事結構和動能的助益，將能大幅增進你對好故事的鑑賞力。

5／形容詞與副詞

英文的形容詞和副詞都是能豐富和滋潤文章的好詞彙，為文章添增色彩、活力和臨場感。唯有當使用時太漫不經心或過度濫用時，才會令文章肥胖不堪。

如果作者能以動詞來涵蓋副詞所表達的特質〔they ran quickly = they raced（他們跑得很快＝他們快跑）〕，或名詞已包含形容詞要傳達的意思〔a growling voice = a growl（咆哮的聲音＝咆哮）〕，那麼文章會顯得更簡潔有力而生動。

有些人從小受到的教誨是：說話應該婉轉一點，不要太衝。因此他們喜歡使用修飾語——如 rather（頗）或 a little（有點）之類的，而這些形容詞和副詞會軟化或削弱所修飾的詞彙。只在交談中使用倒也還好，如果寫文章時也照樣如此，這些修飾語就會變成吸血的蝨子，必須立刻揪出來。我自己也有這個毛病，愛說 kind of, sort of, just 等等（意思類似「稍微、有點、算是、像是、就」之類），而且總是、總是喜歡冠上 very（非常）二字。你不妨就**稍稍**檢查一下自己寫的文章，看看是不是有些你非常愛用的修飾詞，**好像有點**用得太頻繁了。

本段長度還不足以成為一篇表達個人意見的短評，所以請務必原諒我的用語，不過在這裡我必須說：使用 fucking 這個形容詞或修飾詞時，需要特別注意。有些人講話或傳電子訊息時，經常夾雜著這個字，他們可能不曉得，在小說創作中，fucking 幾乎和 umm 一樣好用。在對話或內心獨白中，

類似這樣的句子：「The sunset is so fucking beautiful.」（夕陽真他媽的太美了）或「It's so easy even a fucking child could understand it.」（實在太簡單了，連他媽的小孩子都懂），無論逐字讀出來時，感覺是多麼奇怪，都還算可以接受。但如果為了加強語氣或表現口語的活潑與生氣，而把它用在敘述句中，就會適得其反，發揮驚人的破壞力，削弱文章的力量，讓文章變得平庸、沒有價值。

有些英文形容詞和副詞早已因使用過度而變得沒什麼意義。Great 不再肩負應有的重量。Suddenly 一詞幾乎沒什麼特別用意，純粹拿來當轉折語，成為一種雜音——例如「他正在街上走著，突然看到她。」Somehow 更是個超含糊的字眼，透露出作者根本不想費心設計故事——「Somehow she just knew……」（她不知怎麼的，就是曉得……）「Somehow they made it to the asteroid」（不知怎麼的他們成功抵達了小行星）。在你的故事裡，不會有什麼事情「不知怎麼的」發生了，事情之所以這樣發生，就是因為你這樣寫。好好負起你的責任吧！

今天，裝飾性的花俏形容詞早已過時，沒幾個作家愛用。但有些注重風格的散文名家在形容詞的運用上有如詩人：他們連結形容詞與名詞的方式別出心裁，不可思議，強迫讀者停下來思考領會其中的連結。這種獨特形式或許能發揮奇效，在敘事上卻有其風險。你希望打斷故事的流動嗎？真的

值得這樣做嗎?

　　我建議所有說故事的人都要保持警覺,選擇形容詞和副詞時務必深思熟慮,審慎為之,因為在英文的烘焙店裡,高熱量食物簡直多得不得了,但敘事性散文如果要走得遠,需要的是結實的肌肉甚於多餘的脂肪。

✒ 練習五：簡潔樸素

寫長度為一段到一頁（200～350字）的描寫及敘事性散文，裡面沒有任何形容詞和副詞，也沒有對話。

重點在於只用動詞、名詞、代名詞和冠詞，生動描繪某個景觀或某項行動。

關於時間的副詞（例如當時、接下來、後來等）或許仍然有其必要，但是要省著用。保持樸素的風格。

如果各位是在團體討論中使用本書，我會建議你們在家中作練習，因為這份習作很難，需要花一點時間。

如果你目前正在撰寫一篇較長的文章，在寫下個段落或下一頁時，或許可以試試看按照這份習作的要求來寫。你或許也會想試著修改已經寫好的文章，把它變得更簡潔樸素些，這個經驗可能十分有趣。

評論：如果在這裡或那裡加個形容詞或副詞，文章會有所改善嗎？還是完全不用形容詞和副詞也不錯？請注意一下為了符合練習的要求，你被迫採用了哪些策略和用法，你選擇的動詞及採用的明喻和隱喻可能尤其會受此影響。

我十四、五歲，還是個孤單的年輕寫作者時，自己發明了這個練習。我沒辦法不吃巧克力奶昔，卻有辦法連續寫一、

兩頁都不用任何副詞。我在執教的每個寫作工作坊中都會建
議學員嘗試的，只有這個練習。

6/ 動詞：人稱與時態

在語言中，動詞說明做什麼事，動詞人稱（名字或代名詞）說明誰在做這些事情，動詞時態則說明是在什麼時候做這些事情。有些寫作教科書給人的印象是動詞做所有的事情，行動就是一切。我不同意這樣的說法，不過，動詞仍然至關重要，而且說故事時，人稱和動詞時態都非常重要。

動詞的人稱（PERSON OF THE VERB）[25]

非虛構的作品除了自傳之外，都必須採用第三人稱來寫作。用第一人稱撰寫關於拿破崙或桿菌的事情，是在寫小說。

小說敘事可以採用的人稱為第一人稱單數（我）和第三人稱單數（他、她），並有限地使用第一人稱和第三人稱複數（我們、他們）。小說中很少採用第二人稱（你）。不過三不五時，仍有人用第二人稱來寫故事或寫小說，以為這是沒有人嘗試過的創舉。

十六世紀以前，宗教性和文學性散文幾乎都採用第三人稱來寫作。西塞羅[26]的信函、中古世紀的日記和聖人懺悔錄中首先出現以第一人稱寫作的散文，例如蒙田[27]和伊拉斯謨斯[28]的作品，以及早期的旅行紀事，都會採用第一人稱。小說作者起初覺得必須理由充分，才能用第一人稱來呈現小說人物。寫信時會自然而然寫下「我」：於是出現書信體小說。自十八世紀以來，以第一人稱寫作的小說十分普遍，所以大

家也沒怎麼多想，但事實上，無論對作者或讀者而言，這都是一種怪異、複雜、不自然的想像過程。這個「我」究竟是誰？不是作者，因為這個「我」是虛構的自我；雖然讀者可能認同這個「我」，但這個「我」也不是讀者心目中的我。

最普遍而不麻煩的方式仍然是採用第三人稱來說故事。作者因此可以自由自在四處遊走，描述他做了什麼事，她發生了什麼事，還有他們在想什麼。

第一人稱敘事是「有限的第三人稱」敘事的始祖。「有限的第三人稱」是文學術語，意思是作者限制小說敘事只採用某個角色的觀點。作家只能明確描述這個角色所察覺、感受、知曉、記憶、或猜測的一切。換句話說，這種寫作方式非常類似於用第一人稱寫作。我會在後面談敘事觀點的章節進一步討論這個問題，同時也探討其他同樣重要的題目：有限的第三人稱和多重第三人稱觀點。聽起來都非常技術性，但真的很重要。

究竟要用第一人稱或第三人稱寫小說，是很重要的決定。有時候，你根本毋需思考應該用哪個人稱來說故事。但有時候，你從「我」的角度說故事，說到一半卻卡住了，這時就需要擺脫第一人稱；有時候，則是你用「他說」或「她去」開頭的故事，需要擺脫第三人稱，改用「我」的聲音來敘事。當故事一再卡住時，不妨考慮改變人稱的可能性。

---

25. 作者註：Person (of the verb) （動詞的人稱）

英文動詞有六種人稱，三種單數人稱，三種複數人稱。以下是規律動詞（例如 work）和不規律動詞（例如 be）的現在式和過去式。

第一人稱單數：I work; I am / I worked; I was

第二人稱單數：you work; you are / you worked; you were

第三人稱單數：he, she, it works; he , she, it is / he, she, it worked; he, she it was

第一人稱複數：we work; we are / we worked; we were

第二人稱複數：you work; you are / you worked; you were

第三人稱複數：they work; they are / they worked; they were

唯有碰到第三人稱單數的現在式，以及不規則動詞 be 所有人稱單數現在式，人稱與單複數才會影響動詞形式。

26. 譯註：西塞羅（Marcus Tullius Cicero，西元前 106-43 年）為羅馬共和國晚期的政治家、哲學家、作家和演說家。

27. 譯註：蒙田（Michel de Montaigne，1533-1592）為法國文藝復興時代重要哲學家、散文家及人文主義者，以《隨筆集》（*Montaigne Essais*）留名後世。

28. 譯註：伊拉斯謨斯（Desiderius Erasmus，1466-1536）為中世紀尼德蘭（今天的荷蘭和比利時）著名的人文主義思想家和神學家。

◆ 延伸閱讀

　　儘管用第一人稱敘事不是那麼容易，卻是許多小說和回憶錄普遍採用的方式，因此我不想從無數卓越的作品中，單獨挑出任何一本書或數本書為範例。但我非常鼓勵各位閱讀佩利（Grace Paley）[29] 的作品。她寫的故事避開了所有第一人稱敘事可能犯的錯誤——裝模作樣、自我中心、強烈的自我意識、單調乏味；反而像自然純樸的小品——只是某個女人跟你聊些事情。她的作品是上乘的藝術傑作。

　　同樣的，採取有限第三人稱敘事的故事和小說實在太多了，提出任何建議都會失之武斷。不過我還是會建議，至少花點時間注意一下你目前讀的小說是採用哪一種人稱，有沒有改變人稱，什麼時候改變，以及如何切換到不同的人稱。

---

29. **譯註**：佩利（1922-2007）為美國著名短篇小說家、詩人、大學教師。作品包括《最後瞬間的巨大變化》（*The Enormous Changes at the Last Minute*）、《短篇集》（*Collected Stories*）、《與父親的對話》（*A Conversation with my Father*）等。

動詞的時態（TENSES OF THE VERB）[30]

英文中的過去式（例如 she did it, he was there）和現在式（例如 She does it, he is there），都能以動詞的變化來表達行動的持續性或事件在時間上的關聯性〔例如 She was making a living before he'd even begun looking for a job.（他還沒開始找工作，她已在賺錢謀生。）〕。採用過去式，很容易展現時間的先後順序，現在式則彈性沒那麼大，比較傾向執著於現在（例如 She is making a living before he even begins to look for a job.）。

抽象論述總是採用現在式。一般性的通則沒有時間限制，所以哲學家、物理學家、數學家和上帝說話時都採用現在式。[31]

劇本看似採用現在式，其實是一種祈使／命令的語氣：編劇在下指令——說明銀幕或螢幕上會發生什麼事。「Dick grins at Jane, fires. Blood spatters lens. CU: Spot falls dead.」（狄

---

30. 作者註： Tenses　（時態）
動詞形式，指出行動發生的時間。

31. 作者註： 人類學家為了展現同樣的權威，過去總是習慣用現在式寫道：「烏蘇人崇拜森林神靈。」而忽略最後三名還活在世上的烏蘇人已改信摩門教，在伐木工廠工作：這個例子告訴我們，即使像動詞時態這類完全不涉及任何價值觀的事情也可能碰上倫理議題。「誤用語言會引出靈魂中的邪惡。」

克對珍笑了笑，開槍。血飛濺鏡頭。特寫：史波特倒地死亡。）這些句子並非描述，而是在告訴演員、攝影師、準備番茄醬的人、狗（史波特）、和其他所有人應該做什麼。

我們在談話和對話中，尤其喜歡採用現在式：「How are you?—I'm fine, thanks.」（你好嗎？—我很好，謝謝。）但只要一開始敘事，就自然而然掉進過去式中：「What happened?」（怎麼回事啊？）——「I backed into a car that was backing out of where it was parked.」（我倒車時撞上一輛正要從停車位倒車出來的車子）。目擊者的陳述當然要用現在式：「Oh, my God, it's catching fire!」（喔，我的天，著火了！）或「He's crossing the fifty-yard line, he's in the clear now!」（他正衝過五十碼線，現在一路暢行無阻！）——或朋友痛苦死去之前的通訊內容（他一邊吃大餐，一邊在推特發文告訴你河豚是多麼美味）。

幾千年來，我們大都用過去式來說故事和寫故事，偶爾才看到用「歷史現在式」[32] 書寫的戲劇化內容。但過去三十年以來，許多作家在小說或非小說中都只以現在式敘事。時至今日，現在式已經變得無所不在，以至於年輕作家說不定認為寫作時非用現在式不可。有一位年紀很輕的作家曾經跟我說：「過氣老作家只活在過去，所以他們沒辦法用現在式寫作，但我們可以。」顯然大家單憑「現在式」這個名稱，就以為現在式說的是現在，而過去式說的是很久以前的事情。

真是太天真了。動詞時態只有極少的成分在暗示實際的現在或過去，所以在大多數情況下，兩者都可以互換。

別忘了，無論是想像出來的故事，或以真實事件為依據，書寫的故事畢竟只存在於書頁上。無論用現在式或過去式敘事，仍然是完全虛構的故事。

採用現在式敘事，會讓讀者有「比較真實」的感覺，因為聽起來像目擊者的敘述。而大多數作家都說他們採用現在式寫作，是因為現在式感覺「更即時」。有的作家更積極辯解：「我們可是活在現在，而不是活在過去。」

好吧，不過能真正活在此時此刻的人其實只有新生兒或患了失憶症的人，對大多數人而言，活在當下並不是那麼容易的事。真真正正存在於當下，活在當下，是覺知冥想的目標之一，許多人為了達此境界，練習多年。生而為人，大半時候我們都沒有把全部心念放在此刻和此地——而是想想這個，又想想那個，記起某件事，又盤算著要做另外一件事，和某人講講電話，又傳訊息給另外一個人——偶爾才試圖把它整合起來，開始覺察體悟此時此刻的當下。

我認為過去式和現在式之間的重要差異不在於即時性，而在於涵蓋場域的大小與複雜度。用現在式說故事必然會聚

---

32. 譯註：英文中所謂的「歷史現在式」（historical present），就是在敘事時，用現在式動詞描述過去發生的事情。

焦於一時一地發生的行動，使用過去式則能持續不斷地反覆提及不同的時間和空間，比較接近我們的心智運作方式，能輕輕鬆鬆穿梭自如。我們的心靈只有在緊急情況下，才會高度聚焦於正在發生的事情。所以，敘事時採用現在式，像是人為的建立起一種恆久不消的緊急狀態，可能正好適合步調快速的行動。

過去式也可能高度聚焦，但總是能觸及敘事當時之前和之後的時間，描繪的是從過去延續到未來的時間。

其間的差異有如窄光束的手電筒與太陽光之間的差異。前者密集呈現一塊明亮的小區域，周遭什麼都沒有，後者則讓你看到世界。

這種「有所限制」的特性可能會吸引某些寫作者採用現在式來敘事。由於注意力高度聚焦，作者和讀者得以超脫顯而易見的寫作手法，像顯微鏡一樣，將距離拉得很近，但同時在去除周遭一切後，仍保持一定距離。刪除，精簡，讓敘事保持冷靜。對於容易引擎過熱的作家而言，現在式是明智的選擇。這也反映出電影（而非劇本）深深影響我們的想像。包括提普奇（James Tiptree, Jr.）[33] 在內，許多卓越的作家都說他們寫作時，完全像看電影一樣，可以看見故事中的行動，所以用現在式寫作，是一種想像的現場目擊報導。

不妨思考一下現在式敘事的限制和意涵。

小說家史瓦茨（Lynne Sharon Schwartz）主張，以現在

式敘事，避免交代時間脈絡和歷史軌跡，會變得過度簡化，暗示事情「沒有真那麼複雜，靠看圖說故事或收集資料就能明白」，以及「我們所能了解的唯有在匆匆一瞥中所能了解的一切」。這種外在性和狹隘視野或許正說明了為何現在式敘事聽起來很酷——平淡單調，不帶感情，超然而不涉入。因此所有的作品都頗相似。

我懷疑有的人之所以用現在式寫作，是因為不用現在式寫作令他們害怕。（早年過去完成式曾經帶給她一些麻煩，她來生將不會和未來完成式有任何瓜葛，但她寧可當初從來不曾碰到任何完成式的問題。）34 各式各樣的完成式有各種花俏名稱，你可能不見得知道這些名稱，不過別擔心，你會知道該怎麼辦的，所有的東西早已在你的腦子裡，從你學會說「I went」，而不是「I goed」時，就已經在那兒了。35

倘若你總是用現在式寫作（及閱讀），你腦子裡某些動詞形式可能已經很久沒有啟動了。你說故事的時候，必須擴大選擇的幅度，才能重新自由駕馭各種動詞形式。所有的藝術都有其限制；但只採用一種時態來寫作的作家，就好似在全套油彩中，堅持只用粉紅色作畫。

我的基本看法是：目前現在式當紅；但如果你感到不自在，千萬不要因為流行而隨波逐流。有些人或有些故事很適合採用現在式，其他則未必如此。這是很重要的選擇，而且一切操之在你。

33. 譯註： 提普奇（1915-1987）為美國著名女性科幻小說家，提普奇是她的筆名，本名為愛麗絲・布雷利・薛爾頓（Alice Bradley Sheldon），二〇一二年入選美國科幻小說名人堂。

34. 譯註： 在原文中，作者在這三個說明完成式的句子中，採用了不同的完成式來表達（現在完成式、過去完成式及假設語氣的完成式）：「She had had some trouble with the past perfect tense in an earlier life. In her next life, she will not be going to have any trouble with the future-perfect tense. But she would have liked never to have had any trouble at all.」

35. 作者註： 我在一部作品開頭寫道：「本書人物從現在開始，可能將會在北加州生活了很久、很久。」（The people in this book might be going to have lived a long, long time from now in Northern California.）我覺得，這個句子中的動詞 go 以主動語態、進行式動詞變化、表示潛在可能的語氣、現在式、和第三人稱多數的形式，帶出不定詞 live 的變化。

我刻意用繁複累贅的語詞讓自己和讀者假裝在回顧某些虛構人物的過往，同時也伴裝他們在久遠的未來還可能會繼續存在。你可以用一、兩種動詞形式來表達相同的意思。

文稿編輯對於我筆下壯觀的動詞變化，出乎意料之外地客氣尊重。一位評論家顯然無法讀畢全篇，發了些牢騷。其他人以（我希望是）饒富興味或欣賞的語氣引用它。我仍然很喜歡這個寫法。要精準表達我的意思，這是最簡潔的方法，也是動詞之所以包含所有這些語氣和時態變化的用意所在。

同時出現兩個時間

　　我幾乎可以把它當成規則來陳述，但我不會這樣做，因為優秀的作家會徹底打破所有的寫作規則。所以我敘述時只會說「很可能」。

　　若你不斷改變敘事時態，若你頻繁地在現在式與過去式之間反覆來回，而且沒有發出一些訊號〔例如另起一行、插入**圖形符號（dingbat）**[36]、開啟新章節〕──讀者很可能完全被你弄糊塗了，不清楚哪件事發生在前，哪件事發生在後，事發的當下到底是何時，是現在，還是過去。

　　即使作家刻意轉換時態，仍然可能引發類似困惑。如果他們改變時態時，渾然不知自己在改變時態，或純粹沒有意識到自己在用什麼時態寫作，反覆從現在式轉為過去式，又轉回現在式，那麼讀者很可能無法理解究竟發生了什麼事，更遑論何時發生了，弄得他們暈頭轉向，悶悶不樂，失去興趣。

　　接下來是我從一部現代小說中摘錄的片段。我不想令作者難堪，所以把裡面的名字和情節都改了，免得被認出來，

---

36. 作者註：Dingbat （圖形符號、雜錦字體）
我們都看過一些圖形符號，在文章中作裝飾之用或強調暫時休息、中斷。
例如：本書 P.102 所使用的　◆　◆　◆　◆　◆　符號。

但句法和動詞單複數及時態則和原文完全一致。

They both come in wanting coffee. We hear Janice playing the TV in the other room. I noticed Tom had a black eye that I didn't see last night. "Did you go out?" I said.

Tom sits down with the paper and says nothing. Alex says, "We both went out."

I drank two cups of coffee before I said anything.

（他們兩人走進來要咖啡喝。我們聽到詹尼斯在另一個房間看電視。我注意到湯姆臉上多了昨晚沒看到的黑眼圈。「你出去了？」我說。

湯姆拿著報紙坐下來，什麼也沒說。艾力克斯說：「我們倆都出去了。」

我開口前，先喝了兩杯咖啡。）

時態在短短六行中改變了三次，你讀的時候，有可能完全沒注意到嗎？（說得更精確一點，時態改變了五次，因為簡單過去式「I didn't see」指的是比現在更早的時間，但又出現在過去式的句子裡，在這種情況下，更早之前發生的事通常會用過去完成式「I hadn't seen」來表示。）這種前後不一致的情況貫穿全書，真的會帶來什麼好處嗎？我相信作者甚

至根本沒有意識到這種情形。但這樣說又不太好。

　　在敘事中改變時態，是非同小可的事情，和改變觀點角色一樣，是很大的事情，不能掉以輕心。你可以悄悄改變時態，但必須很清楚自己在做什麼。

　　所以，如果你在故事說到一半時改變時態，必須很確定你知道自己在改變時態，以及為何這樣做。一旦這麼做了，就一定要讓讀者能輕輕鬆鬆讀下去，不要任意棄之不顧，讓他們像倒楣的企業號（Enterprise）船員般，進入異常時空，唯有靠 10 級曲速（Warp Speed 10），才能脫身。[37]

---

37. 作者註：「企業號」為美國著名太空探險科幻影集及系列電影《星艦迷航記》（Star Trek）中的主角星艦。「曲速」共分為十級，是太空旅行的方法，星艦在曲速狀態下可以超光速旅行。

關於被動語態的短評

我在第二章討論假規則時，曾談到這個題目。許多動詞都有主動和被動兩種語態。要改變語態，就必須把動詞的主詞和受詞對調。她打他（She hit him.）是主動語態，他被她打（He was hit by her.）是被動語態。

被動語態的句型結構，例如目前被你讀到的句子中被使用的結構，經常為學術論文和商業信函所採用；有些人因致力於讓這種用法被減少，而備受說英語的人讚揚。（現在請用主動語態改寫上面的句子！）[38]

許多喜歡瞎扯「永遠不該使用被動語態」的人根本不知道什麼是被動語態。許多人把被動語態和 be 動詞混為一談，文法專家甜蜜地稱為「繫語」的 be 動詞，甚至沒有被動語態。於是他們拚命告誡我們，不要使用 be 動詞！大多數的動詞都比 be 動詞更精準，也更繽紛有趣，然而請告訴我，如果沒有 be 動詞，哈姆雷特要如何展開他的獨白，耶和華又要如何創造光。[39]

「It was proposed that the motion be tabled by the committee.」（動議被委員會擱置的提案被提出來。）兩個被動語態。

「Ms. Brown proposed that the committee hang the

chairman.」（布朗女士提議委員會把主席吊起來。）兩個主動語態。

　　大家使用被動語態，通常是因為被動語態比較間接、有禮貌、挑釁意味沒那麼強，而且還很適合讓想法變得似乎不知是誰想出來的，事情似乎也不知是誰做的，所以沒有人需要負責任。有擔當的作家對此頗為警惕。膽怯的作家說：「據信存在乃是為推理所構成。」勇敢的作家說：「我思故我在。」

　　如果你因為長期接觸學術論文或科學論述或「商業英文」，因此受到汙染，也許你需要擔心被動語態的問題，千萬不要讓它在不該出現的地方播種生根。萬一已經如此，那麼一定要連根拔除。但是在理應採用被動語態時，應該自由自在地使用被動語態。這是動詞豐富變化的一部分。

---

38. **譯註：**作者在此段原文中以大量的被動語態來說明被動語態的句型結構：Passive constructions, such as those used in the sentence presently being read by you, are far too frequently employed in the writing of academic papers and business correspondence; those whose efforts have been to see this usage reduced are to be commended by all those by whom English is spoken.

39. **譯註：**作者應是指莎翁名劇《哈姆雷特》的經典獨白第一句：「To be or not to be, that is the question.」（生存，還是死亡，問題就在這裡）以及舊約聖經創世紀篇中的：「And God said, Let there be light: and there was light.」（神說，要有光，就有了光。）

例子：請參見第七章的例12

下一章的例子——狄更斯（Charles Dickens）的《荒涼山莊》（*Bleak House*），戲劇化呈現出在敘事中改變人稱和時態的情況，也可作為本章範例。狄更斯當然沒有在敘事中同時呈現兩個時間——他完全清楚自己何時用什麼時態，以及為何這樣做。但他也做了一件很冒險的事。他在這部長篇巨著中，反覆改變人稱與時態——某一章採用第三人稱現在式來敘事，下一章又改成第一人稱和過去式。即使有狄更斯的如椽之筆，這樣的轉換仍然顯得些許粗糙笨拙。但觀察它什麼時候效果不錯，什麼時候不太靈光，並比較其間的差異，是很有趣的事。我也因此開始領悟到，現在式敘事的特性是強烈聚焦和疏離的**情感（Affect）**[40]，而用過去式敘事則更能讓人感受到經驗的持續、多樣和深度。

以下練習的目的是凸顯改變人稱和時態造成的差異。

---

40. 作者註：Affect（情感）

名詞，重音在第一節，是指感受、情緒、情感，和 effect（效果、效應）的意思不一樣。

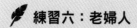

練習六：老婦人

. . . .

寫作篇幅大約一頁左右；簡短就好，野心不要太大，因為你需要把相同的故事寫兩遍。

主題如下：老婦人一邊忙著手頭的事情：可能是洗碗、蒔花弄草、修訂數學博士論文，什麼都好——一邊想起年少時發生的某件事。

你必須在兩個時間之間切換。「現在」是她目前所在，以及她正在做的事情發生的時間；「當時」則是她記憶中年輕時發生過的事情。你的敘事必須在「現在」和「當時」之間來回移動。

至少要有兩次像這樣的移動或時間切換。

第一個版本：

人稱：可選擇第一人稱（我）或第三人稱（她）

時態：全部用過去式說故事，否則就全部用現在式敘事。必須讓讀者清楚了解婦人腦子裡「現在」與「當時」之間的轉換——不要把兩個時間混在一起——但盡量處理得細膩一點。

第二個版本：寫相同的故事

人稱：採用和第一個版本不同的人稱。

時態：可選擇：（1）說到「現在」就用現在式，提到「當時」就用過去式；或（2）「現在」用過去式，「當時」則用現在式。

不要試圖讓兩個版本的遣詞用字完全一致，也不要只在電腦上改掉代名詞和動詞變化。把故事整個改寫一遍！改變人稱和時態會導致故事的遣詞用字、敘述方式和給人的感覺都跟著有一些改變，而這正是練習的目的。

補充練習：如果你想繼續練習，用其他人稱和時態說故事，請儘管嘗試。

評論時：思考時間的切換是否自然平順；選擇的時態是否適合故事題材；哪個代名詞和時態組合最適合這個故事；兩個版本之間有沒有很大的差異，如果有的話，差別在哪裡。

完成習作後可以思考和討論：用現在式，還是過去式寫作，你覺得比較自在？用第一人稱，還是第三人稱？為什麼？

閱讀敘事散文時，特別注意作者使用哪一種人稱和動詞時態，作者這樣做的原因可能是什麼，他用得好不好，效果如何，作者有沒有改變敘事時態，次數多不多，以及他為什麼改變時態。

7/
敘事觀點與聲音

　　「敘事觀點」（point of view）是個術語，說明誰在說故事，以及他們和故事之間的關係。當說故事的人也是故事中的角色時，稱之為「觀點角色」（viewpoint character）。除此之外，就唯有作者可以說故事了。

　　評論家討論敘事時，很喜歡用「聲音」（voice）這個字眼。此處「聲音」完全是一種隱喻，因為除非我們大聲朗讀，否則寫好的故事不會自己發聲。「聲音」也常被拿來當作表達真實性的簡單方式（用你自己的聲音寫作，掌握某人真正的聲音等等）。我對「聲音」的用法則既單純又務實，純粹指說故事的聲音或敘事的聲音。在本書中，「敘事觀點」和「敘事聲音」在我眼中密切相關、相互依存，幾無二致。

五種主要的敘事觀點

　　接下來，我要試著定義和描述五個主要的敘事觀點。描述完每個敘事觀點後，都會舉例：用該敘事觀點說一段虛擬的「賽芙芮公主」的故事。每段故事的場景、人物和發生的事情都完全相同，只換了不同的敘事觀點。

關於「可靠的敘事者」

　　在自傳和回憶錄或任何非虛構的敘事形式中，文中的「我」（無論作者是否真的用到這個稱謂）都是指作者。在

這類文體中，我們通常預期作者／敘事者值得信賴：他們會盡可能坦誠告訴我們究竟發生了什麼事，純粹敘述，而不捏造。

但如實敘述往往會碰到很大的困難，許多作家就以此為由，選擇不忠實敘述事實。有些非小說類作家聲稱他們和小說家一樣，享有虛構故事的特權，因此不願只照實陳述發生了什麼事，而刻意改變事實，希望超越事實，呈現「真相」。但我敬佩的回憶錄作者和非小說類作家都很清楚，完全如實陳述是不可能的事，他們會再三斟酌，有如與天使角力，但從來不會以此為撒謊的藉口。

無論小說的自傳性質和告解意味有多濃厚，敘事者在本質上仍是虛構人物。儘管如此，在嚴肅小說中，無論採用第一人稱或第三人稱敘事，大多敘事者仍是可靠的敘事者。但在這善變的年代，許多人更偏好會有意無意扭曲事實的「不可靠敘事者」。

在這種時候，作者的動機就與不誠實的非小說類作者完全不同了。當小說敘事者掩蓋或扭曲事實，或在敘述或詮釋某些事情時有所失誤，背後的動機幾乎都是為了透露一些關於他們自己（或許也關於我們）的事情。作者讓我們看到或猜測「實際」發生了什麼事，並藉此引領讀者理解其他人如何觀看世界，以及他們（和我們？）為何採取這樣的觀點。

論及不太可靠的敘事者，哈克（Huck Finn，《頑童歷險

記》的主人翁）是大家都很熟悉的例子。哈克是個誠實的人，但他曲解了眼中見到的諸多事情。比方說，他從來不明白在他週遭的成人之中，唯獨吉姆（Jim）始終關愛他、尊重他，他也從來不曾領悟自己是多麼敬愛吉姆。哈克的不理解，透露出哈克和吉姆（及我們）生活的世界中某些駭人的真相。

接下來，各位將藉由比較賽芙芮公主及其他觀點角色的關係，了解到賽芙芮公主是完全可靠的敘事者。

1. 第一人稱

採用第一人稱敘事時，觀點角色是「我」。「我」是說故事的人，也是故事的核心角色。故事只描述「我」的所知、所感、所思、所悟、所望、所憶等。讀者只能從「我」對其他人的所見、所聞及描述中，推斷出他們是誰，以及他們感覺如何。

賽芙芮公主：第一人稱觀點

走進擠滿陌生人的房間裡，我感覺奇怪而孤單，很想轉身就跑，但拉薩就站在我後面，我只好繼續往前走。有些人和我說話，問拉薩我叫什麼名字。混亂中，我無法分辨他們的臉孔，也不明白他們說的話，只隨意亂答。有一度，我注意到人群中飄來的目光，有名婦人直直看

著我，眼中流露的善意讓我很想走過去。她看起來像是可以談話的人。

2. 有限的第三人稱

此時觀點角色是「他」或「她」。「他」或「她」一方面說故事，同時也在故事中扮演核心要角。而觀點角色能述說的唯有自己所知、所感、所思、所悟、所望、所憶等。讀者只能從觀點角色對他人行為的觀察中，推斷他們的感覺。對個人感知的限制可能前後一致地貫穿全書，或敘事觀點也可能從一個觀點角色切換到另一個觀點角色。作者通常會用某種方式來標示敘事觀點的轉移，而且間隔時間不會太短。

從戰術上而言，有限的第三人稱和第一人稱十分類似，兩種敘事觀點有相同的基本限制：讀者一切所見所知，完全受限於敘事者所見所知及述說的內容。正因為這樣的限制，說故事的聲音很集中，顯然也十分真確。

如此一來，似乎只要在電腦上改一下代名詞，把敘事觀點從第一人稱改成有限的第三人稱，然後改正所有的動詞變化，就大功告成了。但實際上沒那麼簡單。第一人稱和有限的第三人稱是不同的聲音，和作者的關係不一樣，所以和讀者的關係也大不相同。以「我」的身分來說故事，和以「他」或「她」的身分大相逕庭。無論對作者或讀者而言，長時間

下來，都需發揮不同的想像力。

　　順帶一提，有限的第三人稱未必是可靠的敘事者。

　　意識流（stream of consciousness）[41] 是有限第三人稱的一種特別的內在形式。

賽芙芮公主：有限的第三人稱

　　走進擠滿陌生人的房間裡，賽芙芮覺得孤單而引人注目，她很想轉過身去，奔回房間，但拉薩就在身後，她只好繼續往前走。人們和她攀談，問拉薩她叫什麼名字。混亂中，她根本無法分辨他們的臉孔，也不明白他們說的話，只隨意亂答。有那麼剎那間，有名婦人的目光穿過人群直視著她，眼中流露的善意讓賽芙芮很想走過去和她談話。

---

41. 作者註：Stream of consciousness （意識流）
由小說家李察森（Dorothy Richardson）和喬伊斯（James Joyce）發展出來的小說敘事模式或聲音，讓讀者參與觀點角色時時刻刻的經驗、反應、和思考。雖然整部小說都使用意識流時會非常受限，但在長篇小說中經常出現意識流的段落，而且效果很好，也很適合用於短篇故事和現在式的敘事方式。

3. 涉入的作者（全知的作者）

　　作者不是從任何單一角色的觀點來說故事，敘事的觀點角色可能有好幾個，敘事聲音也可能隨時改變，從某個角色的聲音換成另一個角色的聲音，或提出唯有作者才能提出的看法、觀感、分析或預測。（比方說，作者形容某人的長相時，那人當時明明是孤單一個人，或描繪風景或房間時，故事發生的當下根本沒有人看到這些景像。）作者可能告訴我們某人的想法或感覺，詮釋他們的行為，甚至評斷故事中的人物。

　　這是我們熟悉的敘事聲音，說故事的人很清楚在同一段時間內，身處不同地點的人物各自發生了什麼事，內心有什麼想法和感受，他們曾經經歷過什麼，未來又必定會發生什麼事。

　　所有的神話傳說和民間故事、所有的童話，幾乎一九一五年之前的所有小說，以及一九一五年之後大部分的小說，都採用這樣的敘事聲音。

　　我不喜歡大家慣用的名詞：「全知的作者」，因為我聽到裡面有評斷和揶揄的意味。我寧可稱之為「涉入的作者」。「作者的敘事」也是我偶爾會採用的中性說法。

　　現代小說主要都以有限的第三人稱來敘事──可能因為維多利亞時代偏好以涉入的作者為敘事方式，但後來可能遭到濫用，以至於引發反彈。

　　涉入的作者可說公開而明顯地操弄敘事觀點。敘事者了

解整個故事的來龍去脈，述說他認為重要的故事，而且和故事中所有角色都有深刻的關聯，不能隨便把這樣的敘事聲音斥之為老派或過時。這不僅僅是歷史最悠久、也最被廣泛採用的敘事聲音，也是功能最多、彈性最大、也最複雜的敘事觀點——目前對作者而言，可能也是最困難的敘事觀點。

賽芙芮公主：涉入的作者（全知的作者）

圖法爾女孩遲疑地走進房間，雙臂緊貼身側，縮著肩，好似飽受驚嚇，但又神情漠然，有如被擄獲的野生動物。高大的漢姆人以主人的姿態領她進來，洋洋得意地稱呼她「賽芙芮公主」或「圖法爾公主」。人們紛紛圍攏過來，大家都很想見見她，或看她一眼都好。她默默忍受，大半時候都低著頭，只用幾乎聽不見的微弱聲音，簡短回應人們無聊的問話。即使在擁擠吵雜的人群中，她仍然設法在週遭創造出一些自己的空間。沒有人碰觸她。他們沒有意識到自己在避開她，但她心知肚明。在全然孤獨中，她抬起頭來，與她目光交接的不是好奇的眼神，而是開放、熱切而同情的目光——臉上的表情穿越陌生人海，明白告訴她：「我是你的朋友。」

4. 疏離的作者

(「牆上的蒼蠅」、「攝影機般的詳實報導」、「客觀敘事者」)

這類小說沒有觀點角色。敘事者不是故事中的人物，他對角色的一切敘述，都是從完全中立的旁觀者視角（有如牆上的聰明蒼蠅般），根據角色的言行作出可能的推斷。作者從來不曾進入角色的內心世界。他可能會詳細描繪人物與地方，但在涉及價值和判斷時，則只會間接暗示。疏離的作者是一九〇〇年前後流行的敘事聲音，也是「極簡主義派」和「名家」小說中經常採用的敘事聲音，對敘事觀點的操控可說最隱晦而不公開。

如果作者期待的是相依共生型的讀者，那麼很適合練習這種敘事觀點。剛開始寫作的新手可能期望讀者對我們筆下的世界也深有共鳴，感同身受，會因我們哭泣而落淚。但這樣很孩子氣，不是作家與讀者應有的關係。如果你能用冷靜的聲音感動讀者，你寫的東西才真正感人。

賽芙芮公主：疏離的作者

圖法爾公主走進房間，後面緊跟著高大的漢姆人。她邁著大步，雙臂緊貼身子，縮著肩，頂著一頭濃密的亂髮。漢姆人介紹她是「賽芙芮公主」或「圖法爾公主」時，她靜靜站著，動也沒動。人們紛紛圍攏過來，盯著

> 她問話，她不曾和任何人眼神交會，也沒有人試圖碰觸她。她只簡短回應人們說的話，和站在餐檯旁、年紀較長的婦女交換了匆匆一瞥。

5. 之一　觀察者／敘事者，採用第一人稱

敘事者是故事中的角色，但並非主角——雖然在場，卻非事件要角。有別於前面的第一人稱敘事，在這裡，小說談的不是敘事者本身的故事，而是敘事者親眼目睹、想告訴我們的故事。無論虛構故事或紀實作品都會採用這種敘事聲音。

賽芙芮公主：觀察者／敘事者，採用第一人稱

> 她穿著圖法爾服飾，我已許久未見過這種厚重的紅袍了。蓬亂的頭髮如風起雲湧般罩著她黝黑瘦削的臉龐。名叫拉薩、來自漢姆的奴隸主推著她前行，她看起來十分瘦小，駝著背，神情戒備，但仍設法為自己保住一點個人空間。雖然現在的身分是流亡的俘虜，我仍在她年輕臉龐上看到自豪和和善的神情，這是我最欣賞的圖法爾人特質，我渴望和她說說話。

5. 之二　觀察者／敘事者，採用第三人稱

只有虛構故事才會採用這種敘事觀點，運用方式則和上述第一人稱大同小異。觀點角色是目睹事情發生經過的有限三人稱敘事者。

由於以不可靠的敘事揭露敘事者性格的手法複雜而微妙，而且由於觀察者／敘事者並非故事主角，所以無論以第一人稱或第三人稱敘事，讀者通常都可以假定觀點角色的敘述是相當可靠的，至少清晰透明。

賽芙芮公主：採用第三人稱的觀察者／敘事者

她穿著圖法爾服飾，安娜已經有十五年未見過這種厚重的紅袍了。蓬亂的頭髮如風起雲湧般罩著她黝黑瘦削的臉龐。她被主人——名叫拉薩、來自漢姆的奴隸主——推著往前走，公主看起來十分瘦小，駝著背，神情戒備，但仍設法為自己保住一點個人空間。雖然現在的身分是流亡在外的俘虜，安娜仍在她年輕臉龐上看到自豪和和善的神情，這是她最欣賞的圖法爾人特質，她渴望和公主說說話。

◆ 延伸閱讀

從文學選集中挑幾個故事來閱讀，或從書架上抽出幾部小說（涵蓋的時間愈廣愈好），找出故事中的觀點角色和敘事觀點。注意觀察兩者是否有所改變，以及改變的次數有多頻繁。

改變敘事觀點

我會討論得這麼細，是因為如何處理敘事觀點，是工作坊的習作最常碰到的問題（在已出版的作品中也屢見不鮮）：也就是觀點前後不一致，或經常轉換敘事觀點。

即使在非虛構類作品中，如果作者開始告訴讀者珍姨腦子裡在想什麼，以及佛瑞德叔叔為何要吞下扣環時，也會成問題。除非作者能明白告知讀者，珍姨的想法和佛瑞德叔叔的動機並非已知事實，純粹是作者自己的臆測、看法、或詮釋，否則回憶錄作者無權這麼做。回憶錄作者不可能無所不知，連片刻都不可能。

在虛構故事中，敘事觀點不一是常見的問題。除非處理得很有技巧，否則經常轉換敘事觀點只會把讀者耍得團團轉，不斷進出於不同的角色認同之間，打亂了讀者的情緒，也混淆了故事。

　　從上述五種敘事觀點中的任何一種轉換到另外一種，都很危險。從第一人稱轉為第三人稱，或從涉入的作者轉為觀察者／敘事者的視角，都是非常重大的敘事聲音轉換，會影響敘事的整體調性和結構。在有限的第三人稱之間轉換——從一個角色切換到另一個角色的內心世界，同樣需審慎為之。作者在轉換觀點角色時，必須先有充分認知，有相當理由才這麼做，而且必須控制得當。

　　我很想把前兩段再寫一遍，但這樣有點失禮。那麼，能不能請各位把上面兩段再讀一遍？

　　敘事觀點練習的目的，是讓各位對於自己採用的敘事觀點，產生異常敏銳的感覺，很清楚應該何時轉換敘事觀點，以及如何轉換，而且從此以後都能保持敏銳。

　　有限的第三人稱是目前大多數小說家都喜歡採用的敘事觀點。當然，第一人稱是回憶錄作家最常採用的聲音。我認為大家都不妨嘗試其他各種可能性。

　　小說家很習慣用他人的聲音寫作，扮演另外一個自我，回憶錄作者則不然。在敘述事實時採用有限的第三人稱為敘事觀點，是對別人的冒犯，因為你妄稱了解另一個真實存在的人心中的想法和感覺。但是佯裝了解某個虛構人物的想法和感覺，就不成問題了。所以我建議純粹為了練習，回憶錄作者可以像小說家般恬不知恥地虛構一個故事，並捏造裡面的人物。

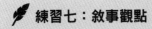

練習七：敘事觀點

想像某個情境，並用 200 ～ 350 字簡單描述。內容可以是你喜歡的任何題材，但裡面必須有幾個人在做某件事（幾個人是指兩人以上，超過三人將是很好的練習）。不見得要挑選重大事件，雖然是重大事件也無妨；而且必須確實發生了一些事情，即使只是超市裡的手推車擠成一團，家人為分擔家事問題，在餐桌上發生口角，或街上發生的小意外都好。

作這個練習時，最好不要有對白，或僅有極少的對白。因為一旦角色開口說話，他們的聲音就會掩蓋敘事觀點，你因此沒能充分探索觀點角色的聲音，而這才是這次練習的目的。

之一：兩種敘事聲音

首先，以單一觀點（從事件某個參與者的視角）說故事，他可能是老人、小孩，或一隻貓，隨你喜歡。採用有限的第三人稱觀點。

接下來，從其他參與者的觀點，把故事再說一遍。仍然採取有限的第三人稱為敘事觀點。

　　進入下個單元的練習時，如果你原先設想的情境或故事都用完了，不妨沿著相同路線重新創造故事。但如果原先的故事似乎不斷出現新的發展可能，那麼就繼續探索，這是最有用、最能增廣知識的練習方式。

之二：疏離的敘事者

　　採用疏離的敘事者或「牆上蒼蠅」的觀點，述說同一個故事。

之三：觀察者／敘事者

　　小說中的人物有時雖然在場，卻不是參與者，只是旁觀者，如果最初的版本沒有這樣一個角色，那麼現在不妨把他加進來。用這個角色的聲音以第一人稱或第三人稱，把相同的故事再說一遍。

之四：涉入的作者

　　以涉入的作者為敘事觀點，把相同的故事再說一遍，或講個新故事。

　　在這部分練習中，你可能需要把故事擴充到兩、三頁，1000字左右的篇幅。你可能需要賦予故事背景脈絡，

找出前因，或追蹤後果。疏離的作者占據的空間愈少愈好，涉入的作者卻需要相當的時間和空間來遊走其間。

倘若不太適合用這樣的聲音來敘述原本的故事，那麼就另外找個你在情感上投入、道德上也認同的故事。倒不是說故事一定得符合事實（果真如此的話，你要從自傳模式轉換到虛構故事的模式，以涉入的作者為敘事聲音，可能會碰到不少麻煩）。我也不是鼓勵你藉由說故事來說教。我的意思是，你的故事應該以你關心的事情為題材。

請注意：未明言的想法

許多作者不知該如何呈現小說人物沒有明白說出的想法。如果不設法阻止的話，編輯可能會把這些想法都變成斜體字。

如果要直接表達這些想法，表現方式其實和對話完全一樣。

「天哪！」珍姨心想：「他正在吃那個釦環！」

你不是一定得用引號來呈現角色內心的想法不可，但用斜體字或其他字體設計來表達，又可能過度強調這段內容。

其實只要說清楚某人腦子裡正轉著這些念頭就好了，方法有很多：

◇一聽到吉姆的喊叫，珍姨就知道佛瑞德還是把釦環吞下肚了。

◇珍一邊整理鈕釦，一邊對自己說，我就知道他會再把那扣環吞掉。

◇噢，珍心想，但願那老傻子動作快點，趕快吞下那釦環。

在評論各個敘事觀點的習作，以及在隨後的思考和討論中，大家對某些敘事聲音和觀點可能會有不同的強烈偏好；探討各種不同偏好，可能也十分有趣。

過一陣子之後，你或許會想回頭檢視部分練習，把練習的指示用在不同的故事上，或重新組合這些練習。選擇敘事觀點和聲音，可能對故事的調性、效果，甚至意義，產生很大的影響。作家有時會發現故事說到一半卡住了，直到他們找到適當人選來說故事，才能把故事好好說下去——不管他們面對的選擇是要採第一人稱或第三人稱、涉入的作者或有限的第三人稱、行動參與者或旁觀者、一個或多個敘事者都一樣。接下來的補充練習或許有助於帶出各種豐富的選擇，並說明有所選擇的必要性。

練習七的補充練習

說不一樣的故事，但兩種版本都採用第一人稱，而不是有限的第三人稱。

或描述同一個意外事件兩次：一次採用疏離作者的敘事模式，或採用新聞報導式的聲音來說故事；然後再從涉入意外事件的某個角色的觀點來說故事。

倘若你原本不太喜歡哪一種敘事模式或聲音，或許反而應該再嘗試一下，即使只是為了找出不喜歡的原因都好。（只要試試看，我想你一定會喜歡的。）

　　由於全知觀點已經退流行了，有些讀者不太習慣有個自認了解全局的敘事者，所以我想或許我來提供幾個例子，說明涉入的作者的敘事觀點，可能會有點幫助。

　　其中有兩個例子是維多利亞時代的作品，可一覽全心投入的敘事者肆無忌憚而充滿生命力的生動描繪。以下段落摘錄自《湯姆叔叔的小屋》，描述女奴伊莉莎得知孩子將被賣掉後，決定逃跑。

▌例 11 ▌
摘錄自史托伊《湯姆叔叔的小屋》

　　結霜的地面在她腳下吱嘎作響，把她嚇得直打哆嗦；每個顫動的葉片、搖晃的樹影，都讓她血色全失，加快腳步。她心裡納悶自己哪來這麼大的力氣，因為她感覺手上的孩子彷彿輕如羽毛，每一絲恐懼似乎都反為她增添幾分超能力，她蒼白的雙唇迸出一連串禱告，對著仁慈的上天反覆誦念：「主啊，幫幫我！主啊，救救我！」

　　母親啊，如果明天一早，殘酷的販子從你身旁奪走你的哈利，或你的威利呢——假使你已親眼看到這個人，聽到文件已簽署完畢並交付對方，而你只有午夜到凌晨這短短時間可以設法逃跑呢——你能走多快？懷中抱著

親愛的寶貝，你可以在短短幾小時內走幾里路？──而他小小的頭愛睏地倚靠在你的肩頭──軟軟的小手臂放心地環住你的脖子？

* * * * *

Harriet Beecher Stowe: from "Uncle Tom's Cabin"

The frosty ground creaked beneath her feet, and she trembled at the sound; every quaking leaf and fluttering shadow sent the blood backward to her heart, and quickened her footsteps. She wondered within herself at the strength that seemed to be come upon her; for she felt the weight of her boy as if it had been a feather, and every flutter of fear seemed to increase the supernatural power that bore her on, while from her pale lips burst forth, in frequent ejaculations, the prayer to a Friend above — "Lord, help! Lord, save me!"

If it were your Harry, mother, or your Willie, that were going to be torn from you by a brutal trader, tomorrow morning,— if you had seen the man, and heard that the papers were signed and delivered, and you had only from twelve o'clock till morning to make good your escape, — how fast could you walk? How many miles could you make in those few brief hours, with the darling at your bosom, — the little sleepy head on your shoulder, — the small, soft arms trustingly holding on to your neck?

當然，這種場景的力量是累積而成的，但即使在短短片段中，我覺得作者突然轉頭對讀者說：「你能走多快？」都十分震撼而動人。

例 12 是狄更斯的作品《荒涼山莊》頭三章的開頭幾個段落。在第一章和第二章中，都是用涉入的作者的聲音來說故事，時態為現在式。第三章則改採第一人稱和過去式，敘事者是小說中的角色艾絲特·桑默森（Ester Summerson）。整部小說的所有篇章都在這兩種聲音之間切換——我在後面會進一步討論這種不尋常的觀點轉換方式。

▍例 12 ▍
摘錄自狄更斯《荒涼山莊》

第一章：大法官法庭

倫敦。米加勒開庭期最近剛結束，大法官正坐在林肯律師公會大廳裡。十一月的天氣叫人不得安寧。街道泥濘不堪，彷彿洪水才剛從地表退去，此時如果碰到四十呎長的巨龍如龐大笨重的蜥蜴般，搖搖擺擺朝霍爾邦山走去，也不足為奇。煙塵如黑色細雨般從煙囪管帽往下灑落，夾雜的煤灰大如片片雪花；似乎在哀悼太陽的殞落。狗兒陷在泥漿裡，弄得面目模糊；馬兒也好不了多少，泥水都濺到眼罩上了。拿著傘的行人相互推擠前行，脾氣全都變差了，行至街角時，他們個個都站不

穩。自破曉以來（假如今天這樣也算破曉的話），已有成千上萬人在這裡滑跤，新泥巴一層又一層堆積上去，頑固地黏在路面上，如利滾利般愈積愈厚。

到處都是霧。霧沿河而上，飄盪在綠島和草原間；霧順流而下，在一列列船舶間滾滾前行，在河邊偉大（及骯髒）城市的汙染下變髒了。

霧籠罩著艾薩克斯沼澤；也籠罩著肯特高地。霧悄悄鑽入運煤船的廚房，攤在大船的帆桁上，更在繩索之間盤旋不去；霧低懸在貨船和小船邊。格林威治醫院裡靠養老金過活的老水手眼裡喉嚨裡都是霧，在病房爐火邊氣喘吁吁；怒氣沖沖的船長下午自個兒關起門來，在船艙裡抽菸，菸斗菸嘴裡滿是霧；他的小徒弟在甲板上直打哆嗦，霧氣無情地掐住他的手指腳趾。橋上的路人從欄杆眺望下面霧茫茫的大地，自己也完全籠罩在一片迷霧中，恍若乘著氣球，飄浮在迷濛的雲朵間。

街道上不時可見到煤氣燈在茫茫大霧中若隱若現，彷彿田地裡的莊稼漢隱約望見的太陽。大多數商店都比平時提前兩小時點燈——從煤氣燈心不甘情不願的憔悴面容看來，它們彷彿也心知肚明。

在灰沉沉的古老障礙物聖殿關一帶（倒是很適合當作這古老灰暗機構門口的裝飾），濕冷的下午簡直再

濕冷不過了，濃霧也再濃不過了，泥濘的街道更是前所未見的泥濘不堪。在聖殿關旁的林肯公會大廳、茫茫濃霧的核心地帶，大法官正端坐在高等法院的大法官法庭中。（下略）

第二章：上流社會

在出發前往巴黎之前，戴洛克夫人先回鎮上的自家宅邸住幾天，她打算在巴黎待幾個星期，之後的動向還不確定。為了讓巴黎人稍感寬慰，上流社會的消息靈通人士是這麼說的，他們知道所有的時髦事。懂得其他方面的事情，就算不上時髦。戴洛克夫人一直待在林肯郡的宅邸，她和熟人談話時稱之為她的「寓所」。林肯郡湧出的大水，沖垮了園裡的拱橋，鄰近約半哩寬的低窪地已成死水一片，叢叢孤樹形成小島，大雨成天下個不停，把水面打出千瘡百孔。戴洛克夫人的「寓所」極為沉悶無趣。日日夜夜大雨都未嘗停歇，樹木似乎整個濕透了，連樵夫揮斧劈砍修剪時，都聽不到樹枝落地的劈啪聲。鹿也被淋得溼答答的，在行過之處留下一個個水窪。

　　濃濃濕氣中，來福槍發射也失了準頭，硝煙如小小雲朵般緩緩朝綠色高崗飄去，雜樹叢生的山丘成為襯托綿綿落雨的綠色背景。戴洛克夫人從窗口往外望，看到的景觀不是灰濛濛的，就是墨黑一片。前面露台石板地上的花瓶一整天下來，接了不少雨水；豆大的雨滴滾落在多年來被稱為「鬼徑」的寬闊石板路上，整夜滴答不停。到了星期天，園裡的小教堂充滿霉味，橡木講壇出了一身冷汗，四處還瀰漫著一股味道，彷彿古早時代的戴洛克先人從墳墓裡頭發出來的氣息。薄暮時分，（沒有子嗣的）戴洛克夫人從起居室看出去，望見守門人小屋窗戶映出的火光，炊煙從煙囪中冉冉升起，一名婦人追著孩子跑，那孩子衝進雨中，迎向全身包得緊緊的閃亮身影，那人剛穿過大門走進來，此時，她已快按捺不住脾氣了。戴洛克夫人說，她「簡直無聊得要死了」。

　　於是，戴洛克夫人離開林肯郡的寓所，把它留給雨水，留給烏鴉，和兔子，和小鹿，和鵪鶉，和雉雞。等到管家走過一個個老房間，拉上百葉窗之後，戴洛克先人的畫像似乎也隨之死氣沉沉地沒入潮溼的牆壁中。至於他們何時才會再度露臉，連消息靈通人士也說不準——這些人有如魔鬼，對過去與現在無所不知，至於未來的事，則還說不準。

戴洛克爵士只是個準男爵，卻沒有哪個準男爵像他那麼有勢力。他的家族如山丘般古老悠久，聲望卻更加崇高。他大體上認為，這個世界少了山丘，或許還無妨，倘若沒有戴洛克家族，可就完了。整體而言，他承認自然景觀是不錯的概念（不過如果沒有用圍籬圍起來的話，或許有點低俗），但要好好實現這個概念，還得靠他們這些豪門世家。他是個潔身自愛，恪守良知的紳士，厭惡卑劣惡行，寧可就死，也不願落人話柄，讓自己廉正人格受到些微指摘。他是個正直高尚、頑強固執、精神昂揚、成見極深，又完全不可理喻的人。（下略）

第三章：人生進程

要著手撰寫這些關於我的部分，對我來說著實很不容易，因為我知道我並不聰明。我一直都明白這點。我還記得，從我還是很小、很小的小女孩，我就常常在孤單一個人的時候，對我的娃娃說話。「娃娃，你很清楚，我並不聰明，你一定要多點耐心，多疼疼我！」而嘴唇紅紅的漂亮娃娃總是坐在大搖椅上看著我——或不見得看著我，只是茫然注視前方——而我則忙著縫縫補補，

跟她吐露心裡所有的祕密。

親愛的舊娃娃啊！小時候，我害羞得不得了，幾乎不敢張口說話，也從來不敢對任何人敞開心胸。每天放學回家，我都急急跑上樓回房間，然後才開口說：「喔，我最親愛又忠心的娃娃，我就知道你在等我回家！」接著就坐在地板上，靠在大搖椅的扶手上，告訴她早上分手後我看到的所有事情，說完頓時輕鬆不少。一想到這些事情，我簡直快哭出來。我總是喜歡默默注意眼前發生的事情，暗自希望能看得更清楚些，不過我的心思並不敏銳，不，我絕對不是個悟性很高的人。然而當我很愛一個人的時候，似乎也變得耳聰目明許多。

但連這點都可能只是我的虛榮罷了。

自從有記憶以來，我就像神話故事中的公主般（只不過我一點也不迷人），由教母撫養長大，至少我只曉得她是我的教母。她人很好，真是個大好人！她每個星期天都上三次教堂，每逢週三和週五則參加早禱會，她還認真參加每次講道，從不缺席。她長得很好看，（以前我常常想，）假如她臉上能偶爾露點笑容，就會像天使一樣——但她從來不笑。她總是既嚴肅又嚴厲。我心想，因為她實在太潔身自愛了，所以一輩子都為別人的惡形惡狀猛皺眉頭。我覺得我和她很不一樣，即使考量

到小孩和成年婦女之間原本就天差地遠也一樣。我感覺
自己是如此貧乏，如此渺小，和她又如此疏遠，在她身
邊時，我永遠不覺得輕鬆自在，不，而且也絕對無法如
我所希望的那麼愛她。這點令我非常難過，尤其想到她
人那麼好，而我又多麼不配得到她的眷顧；從前我總是
渴望自己的心腸或許更好一點，我常常和心愛的娃娃討
論這件事；我理應深愛我的教母，我卻從來沒那麼愛她，
我覺得假如我是個好女孩，我應該更愛她一點。

$$* \qquad * \qquad * \qquad * \qquad *$$

Charles Dickens: from "Bleak House"

Chapter I: In Chancery

LON DON . Michaelmas Term lately over, and the Lord
Chancellor sitting in Lincoln's Inn Hall. Implacable November
weather. As much mud in the streets, as if the waters had but newly
retired from the face of the earth, and it would not be wonderful
to meet a Megalosaurus, forty feet long or so, waddling like an

elephantine lizard up Holborn Hill. Smoke lowering down from chimney-pots, making a soft black drizzle, with flakes of soot in it as big as full-grown snowflakes — gone into mourning, one might imagine, for the death of the sun. Dogs, undistinguishable in mire. Horses scarcely better; splashed to their very blinkers. Foot passengers, jostling one another's umbrellas, in a general infection of ill-temper, and losing their foothold at street-corners, where tens of thousands of other foot passengers have been slipping and sliding since the day broke (if this day ever broke), adding new deposits to the crust upon crust of mud, sticking at those points tenaciously to the pavement, and accumulating at compound interest.

Fog everywhere. Fog up the river, where it flows among green aits and meadows; fog down the river, where it rolls defiled among the tiers of shipping, and the water-side pollutions of a great (and dirty) city.

Fog on the Essex marshes; fog on the Kentish heights. Fog creeping into the cabooses of collier-brigs; fog lying out on the yards, and hovering in the rigging of great ships; fog drooping on the gunwales of barges and small boats. Fog in the eyes and throats of ancient Greenwich pensioners, wheezing by the firesides of their wards; fog in the stem and bowl of the afternoon pipe of the wrathful skipper, down in his close cabin; fog cruelly pinching the toes and fingers of his shivering little 'prentice boy on deck. Chance people on the bridges peeping over the parapets into a nether sky of fog, with fog all round them, as if they were up in a balloon, and hanging in the misty clouds.

Gas looming through the fog in divers places in the streets, much as the sun may, from the spongy fields, be seen to loom by husbandman and ploughboy. Most of the shops lighted two hours before their time — as the gas seems to know, for it has a haggard and unwilling look.

The raw afternoon is rawest, and the dense fog is densest, and the muddy streets are muddiest, near that leaden-headed old obstruction, appropriate ornament for the threshold of a leaden-headed old corporation: Temple Bar. And hard by Temple Bar, in Lincoln's Inn Hall, at the very heart of the fog, sits the Lord High Chancellor in his High Court of Chancery.

Chapter II: In Fashion

My Lady Dedlock has returned to her house in town for a few days previous to her departure for Paris, where her ladyship intends to stay some weeks; after which her movements are uncertain. The fashionable intelligence says so, for the comfort of the Parisians, and it knows all fashionable things. To know things otherwise, were to be unfashionable. My Lady Dedlock has been down at what she calls, in familiar conversation, her "place" in Lincolnshire. The waters are out in Lincolnshire. An arch of the bridge in the park has been sapped and sopped away. The adjacent low-lying ground, for half a mile in breadth, is a stagnant river, with melancholy trees for islands in it, and a surface punctured all over, all day long, with falling rain. My Lady Dedlock's "place" has been extremely dreary. The weather, for many a day and night, has been so wet that the trees seem wet through, and the soft loppings and prunings of the woodman's axe can make no crash or crackle as they fall. The deer, looking soaked, leave quagmires, where they pass.

The shot of a rifle loses its sharpness in the moist air, and its smoke moves in a tardy little cloud towards the green rise, coppice-topped, that makes a background for the falling rain. The view from my Lady Dedlock's own windows is alternately a lead-colored view, and a view in Indian ink. The vases on the stone terrace in the foreground catch the rain all day; and the heavy drops fall, drip, drip, drip, upon the broad flagged pavement, called, from old time, the Ghost's Walk, all night. On Sundays, the little church in the park is mouldy; the oaken pulpit breaks out into a cold sweat; and there is a general smell and taste as of the ancient Dedlocks in their graves. My Lady Dedlock (who is childless), looking out in the early twilight from her boudoir at a keeper's lodge, and seeing the light of a fire upon the latticed panes, and smoke rising from the chimney, and a child, chased by a woman, running out into the rain to meet the shining figure of a wrapped-up man coming through the gate, has been put quite out of temper.

My Lady Dedlock says she has been "bored to death." Therefore my Lady Dedlock has come away from the place in Lincolnshire, and has left it to the rain, and the crows, and the rabbits, and the deer, and the partridges and pheasants.

The pictures of the Dedlocks past and gone have seemed to vanish into the damp walls in mere lowness of spirits, as the housekeeper has passed along the old rooms, shutting up the shutters. And when they will next come forth again, the fashionable intelligence — which, like the fiend, is omniscient of the past and present, but not the future — cannot yet undertake to say.

Sir Leicester Dedlock is only a baronet, but there is no mightier baronet than he. His family is as old as the hills, and infinitely more respectable. He has a general opinion that the world might get on without hills, but would be done up without Dedlocks. He would on the whole admit Nature to be a good idea (a little low, perhaps, when not enclosed with a park-fence), but an idea dependent for its execution on your great county families. He is a gentleman of strict conscience, disdainful of all littleness and meanness, and ready, on the shortest notice, to die any death you may please to mention rather than give occasion for the least impeachment of his integrity.

He is an honorable, obstinate, truthful, high-spirited, intensely prejudiced, perfectly unreasonable man.

Chapter III: A Progress

I have a great deal of difficulty in beginning to write my portion of these pages, for I know I am not clever. I always knew that. I can remember, when I was a very little girl indeed, I used to say to my doll, when we were alone together, "Now Dolly, I am not clever, you know very well, and you must be patient with me, like a dear!" And so she used to sit propped up in a great arm-chair, with her beautiful complexion and rosy lips, staring at me — or not so much at me, I think, as at nothing — while I busily stitched away, and told her every one of my secrets.

My dear old doll! I was such a shy little thing that I seldom dared to open my lips, and never dared to open my heart, to anybody else. It almost makes me cry to think what a relief it used to be to me, when I came home from school of a day, to run upstairs to my room, and say, "O you dear faithful Dolly, I knew you would be expecting me!" and then to sit down on the floor, leaning on the elbow of her great chair, and tell her all I had noticed since we parted. I had always rather a noticing way — not a quick way, O no! — a silent way of noticing what passed before me, and thinking I should like to understand it better. I have not by any means a quick understanding. When I love a person very tenderly indeed, it seems to brighten.

But even that may be my vanity.

I was brought up, from my earliest remembrance — like some of the princesses in the fairy stories, only I was not charming — by my godmother. At least I only knew her as such. She was a good, good woman! She went to church three times every Sunday, and to morning prayers on Wednesdays and Fridays, and to lectures whenever there were lectures; and never missed. She was handsome;

and if she had ever smiled, would have been (I used to think) like
an angel — but she never smiled. She was always grave and strict.
She was so very good herself, I thought, that the badness of other
people made her frown all her life. I felt so different from her,
even making every allowance for the differences between a child
and a woman; I felt so poor, so trifling, and so far off; that I never
could be unrestrained with her — no, could never even love her as
I wished. It made me very sorry to consider how good she was, and
how unworthy of her I was; and I used ardently to hope that I might
have a better heart; and I talked it over very often with the dear old
doll; but I never loved my godmother as I ought to have loved her,
and as I felt I must have loved her if I had been a better girl.

例 13 是托爾金的小說《魔戒》中的片段，讓我們一瞥涉入的作者可以發揮的幅度有多大，連剛巧路過的狐狸都可以軋一角，從牠的敘事觀點理解故事。狐狸「從來沒有再查出什麼名堂來」，而我們也沒有再得知任何關於這頭狐狸的訊息；但就在那短短片刻中，這隻機警活潑的狐狸為我們觀察到一場偉大的冒險旅程正默默開展。

▌ **例 13** ▌
摘錄自托爾金《魔戒》

「我好睏。」他說：「我很快就會跌到路面上。你還要繼續邊走邊睡嗎？已經接近午夜了。」

「我還以為你喜歡在夜裡趕路。」佛羅多說：「其實沒那麼趕。梅理預期我們後天才到，所以還有兩天時間。一找到合適地點，我們就歇歇腳。」

「現在吹的是西風。」山姆說：「只要走到山的另一邊，就會找到適當的藏身之處。如果我記得沒錯的話，前面有一片乾燥的樅木林。」山姆對哈比村週遭二十哩內的地方瞭若指掌，但他的地理知識就僅限於此了。

剛攀越山頭，眼前就出現一片樅木林。他們離開山路，走進瀰漫樹脂香的陰暗樹林，撿拾枯木毬果，準備

升火。不一會兒，高大的樅樹下就嗶嗶剝剝燃起火花。他們圍坐在火堆旁，過了一會兒，大家都開始點頭打瞌睡。於是，三人在大樹的樹根之間，各自找個角落，包著斗篷和毯子，捲曲著身子，很快進入夢鄉。沒有人負責警戒，連佛羅多都不擔心會碰上什麼危險，因為他們還置身於夏爾的心臟地帶。隨著營火逐漸熄滅，幾頭動物悄然走近，默默注視他們。一隻狐狸正好有事穿過樹林，暫時停下腳步，用鼻子嗅一嗅。

「哈比人！」狐狸心想：「好了，接下來呢？我聽過各種各樣的怪事，不過還很少聽過哈比人會在戶外的大樹下呼呼大睡。三個哈比人！背後一定有什麼天大的古怪！」牠猜得沒錯，但牠從來沒有再查出什麼名堂來。

J.R.R. Tolkien: from "The Lord of the Rings"

"I am so sleepy," he said, "that soon I shall fall down on the road. Are you going to sleep on your legs? It is nearly midnight."

"I thought you liked walking in the dark," said Frodo. "But there is no great hurry. Merry expects us some time the day after tomorrow; but that leaves us nearly two days more. We'll halt at the first likely spot."

"The wind's in the West," said Sam. "If we get to the other side of this hill, we shall find a spot that is sheltered and snug enough, sir. There is a dry fir-wood just ahead, if I remember rightly." Sam knew the land well within twenty miles of Hobbiton, but that was the limit of his geography.

Just over the top of the hill they came on the patch of firwood. Leaving the road they went into the deep resin-scented darkness of the trees, and gathered dead sticks and cones to make a fire. Soon they had a merry crackle of flame at the foot of a large fir-tree and they sat round it for a while, until they began to nod. Then, each in an angle of the great tree's roots, they curled up in their cloaks and blankets, and were soon fast asleep. They set no watch; even Frodo feared no danger yet, for they were still in the heart of the Shire. A few creatures came and looked at them when the fire had died away. A fox passing through the wood on business of his own stopped several minutes and sniffed.

"Hobbits!" he thought. "Well, what next? I have heard of strange doings in this land, but I have seldom heard of a hobbit sleeping out of doors under a tree. Three of them! There's something mighty queer behind this." He was quite right, but he never found out any more about it.

再回頭看看第三章中的例 8，就可以從《燈塔行》的「歲月流逝」段落中，看到涉入的作者如何在自己的觀感與角色的觀點之間快速遊走，進出自如，敘事觀點相互融合，變成「美好世界的聲音」，那聲音也是作品本身的聲音，讓故事自己說故事。像這樣快速而突然的觀點轉換比較罕見，需要極大的把握和高超的技巧。我們會在下面進一步討論。

◆ 延伸閱讀

◇ 涉入的作者或「全知」的作者

我有點不好意思叫別人閱讀托爾斯泰的《戰爭與和平》，因為這是頗費工夫的事；但這是一本好書，而且從技術的角度來看，這部小說能神不知鬼不覺的從作者的聲音轉換為書中人物的觀點，極其簡潔地說出男人、女人，甚至獵犬的內心話，然後又轉換為作者的想法⋯⋯到後來，你會覺得彷彿活了許多人的人生：這或許是我們從小說中獲得的最棒禮物。

◇ 疏離的敘事者或「牆上的蒼蠅」

任何自稱「極簡主義者」的作家所寫的小說，例如瑞蒙·卡佛的作品，都為這類技巧提供很好的範例。

◇ 觀察者／敘事者

詹姆斯（Henry James）和凱瑟（Willa Cather）都經常運用這種手法。詹姆斯喜歡用有限的第三人稱作為觀察者／敘事者，拉開與整個故事的距離。凱瑟則經常採用第一人稱的男性目擊者／敘事者，《我的安東妮亞》（My Antonia）和《迷途的女子》（A Lost Lady）都是著名的例子。推敲為何女性作家可能會戴上男性的面具說話，是很有趣的事。

◇ 不可靠的敘事者

亨利‧詹姆斯的《豪門幽魂》是經典範例。女家庭教師告訴我們的事情，最好別一律採信，而且必須從她的話中看穿她到底遺漏了什麼沒說。她究竟是想欺騙我們，還是欺騙自己？

類型小說的敘事觀點十分有趣。有的人或許以為科幻小說寫作時，大半都不會深入角色內心世界。但如果你閱讀科幻小說，就會發現完全不是如此。例如採用《星艦迷航記》（*Star Trek*）書中角色的系列小說，可能會採用非常成熟細膩的方式轉換敘事觀點。

許多神祕小說寫作時採用「全知」觀點，但敘事者有限的知識和逐步的發現往往是神祕小說的核心設計，許多最出色的傑作，例如席勒曼（Tony Hillerman）的美國西南部系列、或里昂（Donna Leon）的威尼斯系列、或派瑞斯基（Sara Paretsky）以芝加哥為背景的系列神祕小說，都是從偵探的視角來說故事。

傳統浪漫小說往往透過女主角的觀點，以有限的第三人稱來說故事。不過，第一人稱、觀察者／敘事者、以及涉入的作者等敘事方式，同樣適用於這類型小說。

魏斯特（Owen Wister）的《維吉尼亞人》（*The Virginian*）是開創西部小說類型的經典名著，全書大部分以一個初出茅廬的東部人為觀察者／敘事者，用第一人稱來說故事（後來

許多西部小說作家都仿效他的手法）。魏斯特為了讓我們曉得故事中觀察者／敘事者不可能看到的事情，稍嫌笨拙地轉換到作者的敘事觀點。葛羅斯在美麗的西部小說《躍跳溪》（*Jump-Off Creek*）中，反覆運用以日記形式書寫的第一人稱觀點和有限的第三人稱。史都華（Elinore Pruitt Stewart）的《農場女主人的來信》（*Letters of a Woman Homesteader*）則是以信函形式寫作的個人回憶錄——在某個痛苦的時刻，則採用第三人稱敘事方式，彷彿在談論別人的事情。

　　採用不同的敘事者，改變敘事觀點，是許多現代小說和故事的基本結構設計。瑪格麗特・愛特伍就是箇中高手，只要讀一讀《強盜新娘》或她的短篇故事，或《雙面葛蕾斯》便知一二。（《雙面葛蕾斯》寫得太好了，本書討論的任何主題都可以這部作品為範例）。你有沒有讀過《羅生門》這本小說，或看過改編的電影？這個經典故事描述四名目擊者針對同一個事件，說了四個完全不同版本的故事。卡洛琳・西（Carolyn See）的《創造歷史》（*Making History*）則用一群敘事者的聲音來說故事，不同的聲音是營造全書的機鋒與震撼力不可或缺的要素。在我收錄於《海路》（*Searoad*）的短篇故事〈赫恩斯〉（*Hernes*）中，四個女人述說一個小鎮家族的故事，她們的聲音貫穿整個二十世紀，在世代之間反覆迴盪。而吳爾芙的《海浪》或許是這類多聲部敘事法的經典傑作。

8/

改變敘事觀點

　　你當然可以改變敘事觀點；身為美國作家，這是天賦人權。只不過你必須很清楚自己在改變敘事觀點，有些美國小說家卻非如此。你也需要知道應該在什麼時候改變敘事觀點，以及如何轉換觀點，才能讓讀者讀起來毫不費力。

　　短篇故事要在第一人稱和第三人稱之間切換觀點，非常困難。即使在例12之類的長篇小說中，轉換敘事觀點的做法也不常見，而且不見得明智。《荒涼山莊》是一部動人的小說，其中有部分戲劇張力或許正來自於作者刻意轉換敘事聲音，以及不同聲音之間的對比。然而敘事者從作者狄更斯轉換成故事中的角色艾絲特，是很大的轉變，二十歲的年輕女孩有時說起話來，開始酷似中年小說家，變得不那麼可信（但也讓人鬆了一口氣，因為艾絲特已經習於不斷自我貶抑，狄更斯卻非如此）。狄更斯很清楚他的敘事策略有何危險：說故事的作者和觀察者／敘事者絕對不會相互重疊，敘事的作者從來不曾進入艾絲特的內心，兩條敘述路線各自獨立，靠故事情節來統合，但從不曾互相接觸，真是古怪的設計。

　　所以我的基本感想是，如果你嘗試把敘事觀點從第一人稱改為第三人稱，你最好找到充分理由，而且要審慎為之，不要弄巧成拙。

　　但說故事的時候，千萬不要把敘事觀點從疏離的作者轉換為涉入的作者。我不知你為何會想要這麼做。

　　我要再度重申：涉入的作者可以任意從一個觀點角色轉

換到另一個觀點角色；但如果轉換得太過頻繁，除非作者對筆下故事有絕佳的駕馭能力，否則不斷進出於不同角色的內心世界，會令讀者感到厭煩，或把讀者搞糊塗，不知道現在究竟是進入哪個人的內心世界。

特別擾人的是，有些作者急於將讀者推入不同的敘事觀點，但都只維持片刻。如果審慎為之，涉入的作者這樣做倒是無妨（如同托爾金筆下對狐狸的描述）。但如果採用有限的第三人稱為敘事觀點，就不能這樣做。如果從黛拉的觀點來寫故事，你可以說：「黛拉抬頭望著羅尼仰慕的臉孔。」但你不能說：「黛拉抬起美得攝人的紫色雙眸，看著羅尼仰慕的臉孔。」雖然黛拉或許很清楚自己的眼睛是紫色的，而且很美，但她抬頭時一定看不到自己的眼睛，羅尼則看得到她的眼睛。所以你已經脫離黛拉的觀點，轉換到羅尼的視角。（倘若黛拉其實是在思考她的美目對羅尼的影響，你就必須說：「她抬起雙眼，深知自己的紫色明眸對羅尼深具魅力。」）。像這類觀點轉換並不罕見，但總是令人不安。

由於涉入的作者可以自由採用第三人稱的敘事方式，而且他們通常都會這樣做，敘事內容很可能在某段時間內，一直侷限於某人的觀感，於是作者的敘述和有限的第三人稱的敘述會大幅重疊。當作者的敘事聲音如此微妙時，或許很難篤定的說作品一定是採用哪一種寫作模式。

所以：你想在任何時候從一個觀點角色轉換成另一個觀

點角色都成，只要很清楚自己為何這樣做，以及應該怎麼做就好；要審慎為之，不要太過頻繁；而且絕不要轉換觀點後只維持了短短片刻。

練習八：敘事觀點

之一：

　　300～600字的簡短敘事，以有限的第三人稱快速轉換敘事聲音。你可以採用練習七的小故事，或自己虛構類似的新場景：幾個人涉入相同的活動或事件中。

　　以有限的第三人稱，用幾個不同的觀點角色（敘事者）來說故事，在敘事過程中從一個觀點角色轉換到另一個觀點角色。

　　以另起一行的方式，標示觀點角色的轉變，同時在段落開頭，用括號或任何你喜歡的形式，說明敘事者的名字。

　　我必須再三提醒，頻繁改變敘事觀點，而且不事先照會，是很冒險、也很危險的事。所以要你們做一做危險的事情。

之二：薄冰

　　用300～1000字的篇幅，敘述同一個故事或類似的新故事，刻意數度切換觀點角色，而且事先不發出明顯

訊號告知讀者你要這麼做。

　　作這部分練習時，當然大可只刪除第一部分習作中的「訊號」，但如此一來，你就學不到什麼東西。履「薄冰」需要掌握不同的敘事技巧，或許也需要不同的敘述。我覺得到頭來，故事很可能由涉入的作者撰寫，儘管你在敘事時，顯然只採用有限的第三人稱觀點。冰真的很薄，而水也很深。

例 14 摘錄自吳爾芙的《燈塔行》，是這類觀點轉換的好例子。

▌ **例 14** ▌

摘錄自吳爾芙《燈塔行》

　　她很納悶，究竟是什麼事情令她說出「我們都在主的手中」這樣的話。悄悄混進真實中的虛偽激怒了她。她繼續忙著手上的編織。她問：這個世界哪有可能是任何上帝打造出來的？她內心篤信的真理是，世間毫無理性、秩序、正義，只有苦難、死亡和貧窮。她知道，沒有任何背信忘義的事會卑劣得無人肯做。她知道，所有的快樂都難以持久。她鎮定地忙著手上的活，微微噘著嘴，丈夫經過時，她出於習慣性的嚴厲，臉上的線條不自覺僵硬起來，儘管他當時正想到哲學家休姆因為太胖了被卡在廁所中，而忍不住發笑，但走過時仍不免注意到她在美麗中隱藏的嚴厲。他因此深感悲哀，為了她的淡漠而痛苦。經過她身邊時，他覺得自己無法保護她。走到樹籬時，他覺得很難過。他無能為力，幫不了她，只能在一旁守候。的確，殘酷的真相是，他只會幫倒忙。他太容易被激怒，太暴躁了，之前就為燈塔的事動了氣。

他注視著樹籬，看著它的錯綜複雜，它的陰暗。

藍塞夫人覺得，人們往往心不甘情不願地抓住一些零零碎碎的小片段，一點聲音，些許景象，讓自己脫離孤獨。她側耳傾聽，四周一片寂靜；板球打完了，孩子們都在洗澡，只有大海的聲音。她停下手中的編織；紅棕色的襪子在她手中晃盪了一會兒。她又看到那道光。她的質問帶著點嘲諷的意味，因為清醒過來時，關係也改變了，她注視著那穩定的光，如此冷酷，如此無情，如此像她，也如此不像她，令她甘心俯首聽命（她在夜裡醒來，看到那光彎曲著越過他們的床，輕撫地板），但儘管如此，當她陶醉地、彷彿受到催眠般看著它，好似它正用銀色手指敲撫她腦中密封的管脈，一旦爆發，喜悅的洪流會將她淹沒，她懂得了快樂的滋味，極度的幸福，強烈的快樂，隨著日光消逝，長浪在銀光映照下稍稍明亮了些，藍色大海逐漸褪色，一波波長浪捲曲、隆起、拍擊海灘，它也在檸檬色波浪中翻滾著，她眼中迸發狂喜，純粹的喜悅一波波湧上心頭，她覺得夠了！夠了！

他轉過身，看到她。啊！他心想，她真可愛，比過去任何時候都可愛。但他不能和她說話，不能打擾她。詹姆斯已經離開，終於只剩下她孤單一個人了，他迫切

想和她說說話。但他下定決心，不，不要打擾她。美麗的她，沉浸在哀傷中的她，如今離他很遠。就隨她去吧，於是他不發一語，從她身邊走過，但內心隱隱作痛，因為她看來如此疏遠，他無法接近她、幫助她。原本他就這麼不發一語，默默走過去了，偏偏就在這時候，明知他絕不會主動提出要求，她卻自願遂了他的心願。她叫住他，取下掛在畫框上的綠色披肩，朝他走過去。因為她知道，他很想保護她。

Virginia Woolf: from "To the Lighthouse"

What brought her to say that: "We are in the hands of the Lord?" she wondered. The insincerity slipping in among the truths roused her, annoyed her. She returned to her knitting again. How could any Lord have made this world? she asked. With her mind she had always seized the fact that there is no reason, order, justice: but suffering, death, the poor. There was no treachery too base for the world to commit; she knew that. No happiness lasted; she knew that. She knitted with firm composure, slightly pursing her lips and, without being aware of it, so stiffened and composed the lines of her face in a habit of sternness that when her husband passed, though he was chuckling at the thought that Hume, the philosopher, grown enormously fat, had stuck in a bog, he could not help noting, as he passed, the sternness at the heart of her beauty.

It saddened him, and her remoteness pained him, and he felt, as he passed, that he could not protect her, and, when he reached the hedge, he was sad. He could do nothing to help her. He must stand by and watch her. Indeed, the infernal truth was, he made things worse for her. He was irritable — he was touchy. He had lost his temper over the Lighthouse. He looked into the hedge, into its intricacy, its darkness.

Always, Mrs. Ramsay felt, one helped oneself out of solitude reluctantly by laying hold of some little odd or end, some sound, some sight. She listened, but it was all very still; cricket was over; the children were in their baths; there was only the sound of the sea. She stopped knitting; she held the long reddish-brown stocking dangling in her hands a moment. She saw the light again. With some irony in her interrogation, for when one woke at all, one's relations changed, she looked at the steady light, the pitiless, the remorseless, which was so much her, yet so little her, which had her at its beck and call (she woke in the night and saw it bent across their bed, stroking the floor), but for all that she thought, watching it with fascination, hypnotised, as if it were stroking with its silver fingers some sealed vessel in her brain whose bursting would flood her with delight, she had known happiness, exquisite happiness, intense happiness, and it silvered the rough waves a little more brightly, as daylight faded, and the blue went out of the sea and it rolled in waves of pure lemon which curved and swelled and broke upon the beach and the ecstasy burst in her eyes and waves of pure delight raced over the floor of her mind and she felt, It is enough! It is enough!

He turned and saw her. Ah! She was lovely, lovelier now than ever he thought. But he could not speak to her. He could not interrupt her. He wanted urgently to speak to her now that James was gone and she was alone at last. But he resolved, no; he would not interrupt her. She was aloof from him now in her beauty, in her sadness. He would let her be, and he passed her without a word, though it hurt him that she should look so distant, and he could not reach her, he could do nothing to help her. And again he would have passed her without a word had she not, at that very moment, given him of her own free will what she knew he would never ask, and called to him and taken the green shawl off the picture frame, and gone to him. For he wished, she knew, to protect her.

　　有沒有注意到吳爾芙如何輕輕鬆鬆、但清清楚楚地轉換觀點。從「究竟是什麼事情令她說出」到第二個「她知道」，都是藍塞夫人的觀點；然後敘事就悄悄脫離上述觀點，我們可以看到藍塞夫人「微微噘著嘴」，臉上露出「習慣性的嚴厲」，這些都是作者發出的訊號，是藍塞先生經過時，因想到哲學家卡在廁所中而發笑時，從他的視角看到的情景；於是他難過起來，覺得自己無法保護她。隨後另起一段，發出的訊號是敘事觀點又回到藍塞夫人這邊了。下一次觀點轉換在哪裡出現，作者又如何發出訊號？

關於模仿的小提醒

　　許多作家因為擔心剽竊問題，再加上個人對原創性的重視，往往不願藉由刻意模仿來學習寫作技巧。在探討詩作的課堂上，老師可能要求學生「以某某作家的風格」習作，或以某位詩人的詩句或韻律為範本，然而教散文寫作的老師對於從模仿中學習的概念似乎避之唯恐不及。我認為刻意模仿某篇你很欣賞的文章，是很好的訓練，要找到自己的敘事聲音，這是很好的方法。假如你想模仿本書舉的任何範例或其他作品，儘管這麼做。重要的是你抱持的意念。模仿的時候必須切記，無論你寫得多麼出色，畢竟只是習作，練習本身不是目標，只是達到目標的手段，真正的目標是掌握寫作技

巧，並能自由地用自己的聲音說故事。

在**評論**習作時，你們可能會討論到敘事觀點的轉換是多麼順暢，轉換觀點的利弊，以及如果只從一個敘事觀點來說故事，會有何不同。

過了一陣子之後，各位在閱讀小說時，可能會花點時間想一想：作者採用的敘事觀點為何，故事中的觀點角色是誰，作者什麼時候改變了敘事觀點等等。觀察不同作家如何轉換敘事觀點，是很有趣的經驗，各位一定能從吳爾芙和愛特伍等名家的敘事手法中學到很多。

9／間接敘事

　　本章探討的是說故事的各種不同層面：雖然在說故事，卻和一般顯而易見的敘述事件發生經過的方式不太一樣。

　　故事就是情節，有的人如此詮釋故事。有的人把故事簡化為行動或動作。文學及寫作課程都花很多時間討論情節，而且重視行動，但我想提出不同的看法。

　　故事如果只有行動和情節，其實頗為貧乏；有些偉大的故事既缺乏行動，也沒有情節。在我看來，情節只是說故事的一種方式，通常都透過因果關係，將發生的事情緊密連結起來。情節是了不起的設計，但並非凌駕故事之上，甚至故事也不是非有情節不可。至於行動，故事確實必須往前推進，總得發生一些事情；但單單一封已寄出卻未送達的信、沒有明言的想法、或盛夏的一天，都算是行動。故事中不斷出現激烈的行動，通常只顯示出作者根本沒有在說故事。

　　多年來，我一直很欣賞佛斯特（E. M. Forster）的著作《小說面面觀》（*Aspects of the Novel*），對裡面的觀點，也常有不同看法。《小說面面觀》有一段說明故事為何的著名描述：「國王死了，然後王后死了。」而情節則是：「國王死了，然後王后也因傷心而過世。」

　　我的看法是，兩者都只是初步的故事，前者鬆散，後者稍微有點結構，但都不是情節，也沒有情節可言。「國王的弟弟殺了國王，娶了皇后之後，太子憂心忡忡。」——這才有了情節，是你可以辨識的情節。

　　基本情節的數目十分有限（有的人說七個，有的人說十二個，還有人說三十個），但可以有無限的故事。世上每個人都有自己的故事，每次某人和他人相遇，都可能是某個故事的開端。有人問鄉村歌手尼爾遜（Willie Nelson），他怎麼寫得出那些歌，尼爾遜回答：「空氣中充滿各種旋律，你只需把手伸出去。」世界上也充滿各種故事，你只需把手伸出去就好。

　　我之所以這麼說，是為了幫助大家擺脫束縛，因為許多人總以為必須先精心設計出環環相扣的緊湊情節，才能著手寫故事。當然，假如你喜歡這樣的寫作方式，倒也無妨，但如果你原本就不擅於預先規劃情節，也不必太過擔心。世上充滿各式各樣的故事……或許你只需想好一、兩個角色，或一段對話，或某種處境，或某個地方，就會找到可以發展的故事。動筆之前，先想一想，心裡有一些盤算，大致曉得該往哪個方向走，然後一邊說故事，其他的一切就自然會一步步解決。我很喜歡本書（原文）書名「駕馭寫作技藝」（*Steering the Craft*）中的意象，不過承載故事的小舟其實十分神奇，知道自己該航向何處。所以無論故事要往哪兒走，掌舵的人只需幫故事找到自己的路就成了。

　　本章也會探討如何在敘事過程中提供資訊。

　　科幻小說家都很清楚這個技巧的重要性，因為他們經常都有一大堆資訊需要告訴讀者，否則讀者無從得知這些事情。

如果我把故事的場景設定在二〇〇五年的芝加哥，可以假定讀者對於故事發生的時間地點和當時的情況，已大致有些概念，幾乎不需怎麼提點，就知道故事在說什麼。但如果我把故事場景設定在三二〇五年的 4-β 天龍座星系，讀者可能就一頭霧水，毫無所悉。我們必須把故事的世界創造出來，並加以說明。這也是科幻小說特別有趣和優美之處：作者和讀者攜手打造新世界。但是要處理得恰到好處，並不容易。

倘若作者透過一些愚蠢的設計，好似說教般吐出所有的資訊，幾乎無所隱瞞——「喔，艦長，請告訴我反物質偽裝器究竟怎麼運作！」然後艦長開始滔滔不絕地說明——這就是科幻作家所謂的「說明文字的團塊」（expository lump）。無論在任何類型小說中，技巧純熟的作家絕不會讓說明文字在故事中形成團塊。他們會將資訊拆開後精雕細琢，形成一個個建構故事的小磚塊。

所有敘述多多少少都肩負了說明和描繪的責任。無論你寫的是回憶錄或科幻小說，如何挑起說明的重擔，都是一大問題。如何把資訊埋在故事中，其實是可以學習的技巧，要解決這個問題，必須先意識到問題的存在。

所以本章討論的故事表面上沒說什麼，實際上卻告訴我們一些事情。我們練習的是如何不著痕跡地說明事情。

第一個練習是簡單刻板的練習。

練習九：迂迴說故事

之一：A 和 B

　　這個練習的目的是純粹透過兩個角色的對話來說故事。

　　寫出一、兩頁單純的對話——由於一行行的對話很容易留下一堆空白，所以此時計算字數並不恰當。

　　用 A 和 B 作為角色的名字，彷彿在寫劇本的對白，但沒有演出說明，沒有人物介紹，什麼都沒有，只有 A 說什麼和 B 說什麼。讀者得完全從他們說的話中，得知他們是誰，這是什麼地方，發生了什麼事。

　　如果你希望有些提示，那麼不妨讓兩人置身於某種危機中：車子的汽油用光了；太空船即將墜毀；醫生正在救治一名心臟病發的老人，卻突然發現病人竟是自己的父親……

請注意：「A 和 B」並非短篇小說的寫作練習，而是針對說故事的要素之一作練習。事實上，你可以藉由這個練習，創作出不錯的短劇。但敘事性散文並非經常使用這樣的技巧。

評論時：如果你參加的是團體工作坊，那麼很適合在課堂上作這個練習。你可能會發現班上同學在練習時，不斷喃喃自語。

假如內容寫得夠清楚，別人讀得出來，那麼等到大家輪流朗讀習作時，可以由作者扮演 A，再找個人扮演 B（他需要先默念一遍）。膽子夠大的話，不妨另外找兩個人朗讀這段對話。如果他們念得不錯，你或許可以從他們念對白的方式學到很多，知道應該如何修改，特別注意他們念得結結巴巴和搞錯重點的地方，還要注意對白聽起來是否自然，還是矯揉做作。

如果你是獨自練習，那麼就大聲念出自己寫的對白，不要輕聲細語，要大聲念。

在討論或思考這個練習時，可能要想想看這樣的設計是否有效（畢竟這是一齣小小的戲劇）。或許還要思考以下問題：故事說得夠清楚嗎？我們有沒有充分了解劇中人物和他們的處境？需不需要更多資訊？還是可以減少一些資訊？我們實際上對他們了解多少（舉例來說，我們知道他們的性別嗎）？我們對他們有什麼感覺？假如前面沒有標示 A 和 B，我們有辦法分辨兩種聲音嗎？倘若不能的話，可以怎麼樣凸顯他們的差異？一般人真的會這樣說話嗎？

過一陣子以後：「A 和 B」與第五章「簡潔樸素」的練習一樣，永遠都很有用。倘若你正好駕車行駛在內華達州的

公路上，沒什麼事好做，總是可以看看 A 和 B 有什麼話說。不過要切記，除非你是劇作家，否則練習的成果並不是你真正要的東西，只是其中一個元素罷了。演員會具體表現並重新創造出戲劇中的文字。雖然小說中有大量故事和角色需透過對白來呈現，但說故事的人仍須悉心打造出故事的世界和裡面的人物。倘若小說裡頭除了對白之外一無所有，都是一些脫離軀殼的聲音，未免太過空洞了。

多種聲音

同樣的，我要花點時間談談敘事聲音。

小說的美妙之處有一部分在於具備了多種聲音。形形色色的人物在小說中思考、感受和說話，小說這種文學形式的活力與美感，部分正來自其豐富多樣的心理層次。

作家似乎得像模仿藝人般，具備模仿的天分，才能表現出各種不同的聲音，但其實不然。作家比較像完全浸淫於角色中的認真演員，願意讓角色所思所言都自然而然發自內心，願意和自己所創造的角色分享控制權。

作家或許需要刻意練習用別人的聲音來寫作，他們甚至可能抗拒這樣的聲音。

回憶錄作者可能只用一種聲音寫作，也就是自己的聲音。然而如果回憶錄中所有人物都只說作者想讓他們說的話，我們就只聽到作者一個人在說話——只是一場沒完沒了、毫無說服力的獨白。有的小說家也是如此。他們把小說中的角色變成自己的喉舌，只說他們想說和想聽的話。結果故事裡每個人說的話都差不多，每個角色都不過是作者的擴音器罷了。

碰到這種情形，就需要刻意而認真地練習傾聽，借用別人的聲音說話，也為別人的聲音所用。

不要自己一直不停說話，讓別人透過你來發聲。

　　我無法告訴回憶錄作者怎麼樣才辦得到，因為我也不知道該如何聆聽真實的聲音，然後將它忠實重現。我從來不曾練習這樣的技巧，對此也大感佩服。或許其中一種練習方式是，你可以在公車上、超市中、候車室裡，聆聽別人說話，記住他們的談話內容，隨後再把它寫下來，私下練習如何忠實重現真實的聲音。

　　不過如果你是小說家，我倒是可以教你如何讓人們透過你來說話。你只需要聆聽，靜靜聆聽，讓角色說話。不要審查，不要控制。單單聆聽，然後寫作。

　　不要害怕這樣做。畢竟你還在掌控全局，這些角色完全仰仗你。你創造了他們。就讓這些可憐的虛構人物說他們想說的話吧——只要你喜歡，你隨時都可以按下刪除鍵。

練習九之二：身為陌生人

寫下 200 ～ 600 字的敘述，場景中至少有兩個人，以及某種行動或事件。

採用單一觀點角色，用第一人稱或受限的第三人稱寫作，觀點角色本身也涉及這個事件。讓讀者從他們說的話中了解角色的想法和感覺。

觀點角色（無論真實或虛構）必須是你不喜歡、不贊同、或痛恨、或你覺得和你完全不同的人。

當時的情境可能是鄰居之間的口角、親戚來訪、或收銀檯那兒有人舉止怪異——無論如何，都會顯示觀點角色正在做那人做的事，思考那人思考的問題。

動筆前先好好思考：當我說「陌生人」或「和你完全不同的人」時，意思是就心理層面而言，你很難和那人產生共鳴或寄予同情。

事實上，從社會、文化層面或在語言、國籍上和你截然不同的人，你可能很難以他們為故事中的角色。你對他們的生活可能不夠清楚，無法深入刻畫他們的內心世界。我的建議是：盡可能離家近一點，陌生人隨處可見。

對於從未嘗試過這類心理位移書寫的作家而言，單單轉

換性別（以異性的觀點寫作），已經是可怕的挑戰。如果你也是如此，不妨試試看。

許多年輕作家從來不曾嘗試以老人的觀點寫作（所謂「老」，可能是三十歲以上的任何歲數）。如果你也是如此，不妨試試看。

還有許多作家（即使老作家也一樣）寫到家庭關係時，總是從孩子的觀點寫作，從來不曾把自己當成父母。倘若你也是如此，不妨嘗試從父母輩的角度寫作，不要再當孩子了。

倘若你經常描寫某一類人，不妨嘗試描寫不同類型的人。

倘若你習慣寫小說，這次或許可以練習寫回憶錄。你可能一直很討厭、鄙視某人，或覺得和他格格不入，不妨重新喚起對他的記憶，找出你記得的片刻，從對方的觀點說故事，試著揣測他們的感覺，以及他們看到了什麼，為什麼會這麼說。還有，他們對你有什麼觀感？

假如你平常大都撰寫回憶錄，那麼或許這次可以練習寫小說。虛構一個和你截然不同、也無法起共鳴的人物，深入他的內心世界，和他一起思考和感受。

請注意：如果你回想的是實際發生的事件，不要因這次練習而喚起沉睡的惡魔。雖然這是寫作的重要層面，需要作家鼓起勇氣來嘗試，但畢竟這只是寫作練習，而不是心理治療。

你可以抱著嘲諷或憎恨的態度練習，暴露觀點角色真實的想法和感覺，讓我們明白他是多麼可惡。這是聰明合理的寫作策略，但卻有違練習的初衷——擱置你對此人的評價。因為練習要求你要「穿著他們的鞋子走一哩路」，透過他們的眼睛看世界。

評論時：你或許可以用上述建議為評斷的標準。身為讀者，我們真的能進入觀點角色的內心，了解他們如何觀看世界嗎？抑或作者始終在外面下判斷，試圖迫使我們下同樣的判斷？假如小說中隱約含有恨意和報復之心，是誰懷恨在心呢？

換個角度來看：說故事的聲音能不能令人信服？有沒有哪個地方聽起來特別真，或特別假？你們能不能（和別人或和自己）討論為何如此？

隨後的思考：也許可以思考一下，你為什麼會選擇這個人作為小說的觀點角色。或許也想一想，你對於身為作家的自己，有沒有一些新發現，更了解自己如何處理人物？未來寫作時，你還會不會嘗試採取和自己截然不同的聲音？

現在，暫時脫離敘事聲音。

練習九之三就如同之一，只不過敘事方式恰好相反。在之一的「Ａ和Ｂ」練習中，完全沒有任何場景，你只能用聲音說故事。但在隨後的練習九之三，你只能用場景來說故事，其他什麼都沒有。裡面沒有人物，而且顯然什麼事情都沒發生。

在作這個練習之前，你可能想先讀一讀例 15、16 和例 17。

在例 15 中，作者吳爾芙以輕描淡寫的語氣描繪雅各的大學寢室，看似不太重要，然而書名就是《雅各的房間》（*Jacob's Room*）……而且讀到小說結尾時，作者會以截然不同、但令人心碎的回音，一字字重複這段短短描述的最後兩句。（喔，重複的力量！）

▌例 15 ▌

摘錄自吳爾芙《雅各的房間》

如羽毛般皎潔的明月從來不肯讓天空變暗；整夜綠叢中綻放著白色的栗子花；草地上的娥參依稀可見。[42]

從巨庭可以聽到乒乒乓乓的聲響，三一學院的服務生大概把收拾碗盤當洗牌了。[43] 不過雅各的房間是在奈

維爾庭院最高層，所以走到門口，已有點上氣不接下氣；
但是他不在房間裡，大概正在用餐吧。雖然離午夜還有
好一段時間，奈維爾庭院已經十分陰暗，只有對面的柱
子還透著白色，還有噴泉。大門彷彿鑲著花邊的淡綠，
有一種古怪的效果。即使從窗戶裡邊，仍然可以聽到碗
盤聲；還有食客喁喁的談話聲；食堂的燈亮了，彈簧門
打開，又砰然關上，是遲來的食客。

　　雅各的房間有一張圓桌和兩把矮椅。壁爐架上的罐
子裡頭插著黃色旗子；還有一張母親的相片；一些社團
的名片，上面有凸起的小小新月形圖案、盾徽和名字縮
寫；筆記和菸斗；桌上放著有紅邊的紙張——無疑是一
篇文稿——「歷史是由偉人傳記構成的嗎？」房間裡有
很多書；法文書寥寥無幾；但任何稍有點價值的人都只
會隨自己興之所至，狂熱閱讀自己喜歡的書。比方說，
威靈頓公爵的傳記；史賓諾沙；狄更斯的作品；《仙后》；
希臘文辭典，書頁中夾著壓得扁扁如絲綢般的罌粟花瓣；
伊莉莎白時代的作品。他的拖鞋破舊不堪，彷彿水線以
上都遭火焚毀的小船。還有希臘人的相片，一幅約書亞

---

42. **譯註：** 峨參（Cow Parsley）為一種傘形科草本植物，會開白色的小花。

43. **譯註：** 巨庭（Great Court）為英國劍橋大學三一學院的主要庭院，為歌德風格。

爵士的金屬版畫像——都帶著濃濃英國風。還有珍‧奧斯汀的作品，或許是遵循他人標準而擺設。卡萊爾的書是獎品。

有幾本關於文藝復興時期義大利畫家的書，《馬的疾病手冊》，以及一般教科書。空蕩蕩的房間裡連空氣都沒精打采的，只把窗簾吹得鼓鼓的；瓶子裡的花動了動。藤製的搖椅裡有條藤枝一直軋軋作響，雖然沒人坐在上面。

Virginia Woolf: from "Jacob's Room"

The feathery white moon never let the sky grow dark; all night the chestnut blossoms were white in the green; dim was the cow-parsley in the meadows.

The waiters at Trinity must have been shuffling china plates like cards, from the clatter that could be heard in the Great Court. Jacob's rooms, however, were in Neville's Court; at the top; so that reaching his door one went in a little out of breath; but he wasn't there. Dining in Hall, presumably. It will be quite dark in Neville's Court long before midnight, only the pillars opposite will always be white, and the fountains. A curious effect the gate has, like lace upon pale green. Even in the window you hear the plates; a hum of talk, too, from the diners; the Hall lit up, and the swing-doors opening and shutting with a soft thud. Some are late.

Jacob's room had a round table and two low chairs. There were yellow flags in a jar on the mantelpiece; a photograph of his mother; cards from societies with little raised crescents, coats of arms, and initials; notes and pipes; on the table lay paper ruled with a red margin — an essay, no doubt — "Does History consist of the Biographies of Great Men?" There were books enough; very few French books; but then any one who's worth anything reads just what he likes, as the mood takes him, with extravagant enthusiasm. Lives of the Duke of Wellington, for example; Spinoza; the works of Dickens; the Faery Queen; a Greek dictionary with the petals of poppies pressed to silk between the pages; all the Elizabethans. His slippers were incredibly shabby, like boats burnt to the water's rim. Then there were photographs from the Greeks, and a mezzotint from Sir Joshua — all very English. The works of Jane Austen, too, in deference, perhaps, to some one else's standard. Carlyle was a prize.

There were books upon the Italian painters of the Renaissance, a Manual of the Diseases of the Horse, and all the usual text-books. Listless is the air in an empty room, just swelling the curtain; the flowers in the jar shift. One fibre in the wicker arm-chair creaks, though no one sits there.

　　下面的例子是哈代（Thomas Hardy）的小說《還鄉記》
（*The Return of the Native*）著名的開場。第一章中沒有任何
人物，只有艾格頓荒原（Egdon Heath）。哈代的散文總是迂
迴曲折，緩慢沉重，需讀完整章，才能感受到場景的設計是
多麼了不起。如果你繼續讀完整本書，多年後，你記憶最深
刻的角色，依然是艾格頓荒原。

▍例 16 ▍
摘錄自哈代《還鄉記》

　　十一月裡一個星期六的午後，薄暮時分，那遼闊無
垠的荒涼大地，大家口中的「艾格頓荒原」，此時一刻
比一刻昏暗。延綿不絕、遮斷長空的灰白浮雲彷彿一座
帳篷，把整個荒原當成它的地席。

　　天空拉開蒼茫屏幕，大地鋪上深色植被，在天地交
接處劃出分明的界線。天地相互襯托下，荒原彷彿提前
披上夜幕，在尚未真正入夜前就搶先就位：夜色已籠罩
大地，長空卻還分明是白晝。樵夫抬頭向天看，原本大
概還會想繼續工作；但低頭看地面，卻可能覺得應捆好
柴薪，回家算了。大地與蒼天在遙遠盡頭的交界似乎不
止分隔不同物質，也劃分晝夜時間。荒原的面容蒙上昏

暗的暮色，讓夜晚提前半小時到來；同樣的也令黎明推遲，正午淒涼，狂風暴雨幾乎還沒蹤影，就預先展露慍色，讓沒有月光的午夜更加漆黑一片，令人顫慄驚恐。

其實，就在夜晚沒入黑暗的轉捩點上，艾格頓荒原恰恰開始顯露其獨特的奇偉壯麗，不曾在這種時候來到荒原的人，沒有人能自稱真正領會了荒原。當一切還是朦朧迷離時，感覺最為深刻，因為從夜色降臨到天光乍現前的時時刻刻，正是它盡情展現力量和述說一切的時候；也唯有到這時候，它才道出真相。的確，這塊荒原是夜晚的近親，等到黑夜露臉，幽暗夜色與荒原景物恰好融為一體。起伏不定延綿不斷的陰森大地似乎純粹出於同情，起身迎接陰鬱的的夜晚，蒼天急急拋下黑暗，幾乎同時間，黑夜立刻瀰漫荒原。迷濛大氣與朦朧大地秉持手足之情，向前各走半程，在黑暗中緊密接合，連成一片。

如今這片荒原可是聚精會神；其他一切正昏昏欲睡時，荒原似乎才慢慢甦醒，側耳傾聽。每個夜晚，這片荒涼大地似乎都在等待什麼；然而它已經動也不動的、靜靜等候數百年了，其間不知經歷過多少波折危機，因此我們只能設想，它還在等待最後的危機，最終的天翻地覆。

Thomas Hardy: from "The Return of the Native"

A Saturday afternoon in November was approaching the time of twilight, and the vast tract of unenclosed wild known as Egdon Heath embrowned itself moment by moment. Overhead the hollow stretch of whitish cloud shutting out the sky was as a tent which had the whole heath for its floor.

The heaven being spread with this pallid screen and the earth with the darkest vegetation, their meeting-line at the horizon was clearly marked. In such contrast the heath wore the appearance of an instalment of night which had taken up its place before its astronomical hour was come: darkness had to a great extent arrived hereon, while day stood distinct in the sky. Looking upwards, a furze-cutter would have been inclined to continue work; looking down, he would have decided to finish his faggot and go home. The distant rims of the world and of the firmament seemed to be a division in time no less than a division in matter. The face of the heath by its mere complexion added half an hour to evening; it could in like manner retard the dawn, sadden noon, anticipate the frowning of storms scarcely generated, and intensify the opacity of a moonless midnight to a cause of shaking and dread.

In fact, precisely at this transitional point of its nightly roll into darkness the great and particular glory of the Egdon waste began, and nobody could be said to understand the heath who had not been there at such a time. It could best be felt when it could not clearly be seen, its complete effect and explanation lying in this and the succeeding hours before the next dawn: then, and only then, did it tell its true tale. The spot was, indeed, a near relation of night, and when night showed itself an apparent tendency to gravitate together could be perceived in its shades and the scene. The somber stretch of rounds and hollows seemed to rise and meet the evening gloom in pure sympathy, the heath exhaling darkness as rapidly as the heavens precipitated it. And so the obscurity in the air and the obscurity in the land closed together in a black fraternization towards which each advanced half-way.

The place became full of a watchful intentness now; for when other things sank brooding to sleep the heath appeared slowly to awake and listen. Every night its titanic form seemed to await something; but it had waited thus, unmoved, during so many centuries, through the crises of so many things, that it could only be imagined to await one last crisis — the final overthrow.

例 17 乃摘錄自勃朗蒂的小說《簡愛》。我們隨著簡愛首度參觀桑恩費爾德府。簡愛和女管家穿過一個個房間，邊走邊聊，這些房間並非空蕩蕩的；而文章的力量就在於作者對家具、對屋頂上遼闊明亮的視野、對簡愛突然回到三樓的陰暗走道、然後聽到笑聲（「那笑聲十分古怪：清晰可聞、但又拘謹而鬱悶」）的種種描繪。（噢，用對形容詞的力量！）

▌ **例 17** ▌

摘錄自勃朗蒂《簡愛》

離開飯廳後，她提議帶我看看房子其他部分；於是我跟著她上樓下樓，邊走邊讚嘆；周遭一切都精心布置，優雅堂皇。我認為前廳尤其宏偉，三樓有幾個房間雖然陰暗低矮，古老的樣貌卻很有趣。從前一度很適合樓下房間的家具偶爾會因為式樣過時了，被搬到這兒來：狹長的窗子透進些許亮光，照在已有百歲的古老床架上：橡木或胡桃木衣櫃雕刻著棕櫚樹枝和天使頭像的古怪圖案，看起來恍若某種希伯來法櫃；一排排古老的狹長高背椅，更加老舊的擱腳凳，凳子坐墊上的刺繡明顯有磨損的痕跡，當年精心刺繡的手指早在兩代之前就已化為塵土。由於這一切遺物，桑恩費爾德府的三樓給人的感

覺有如充滿過往的家：記憶的神龕。白晝間，我喜歡這兒的安靜、陰沉與古趣；然而我一點也不渴望夜晚能在這些寬大厚重的床上歇息：大床有的緊閉在橡木門中；有的為古舊的英國帳幔所遮蔽，帳幔上密密麻麻繡著奇花異鳥和最怪異的奇人——的確，在蒼白月光下，所有的一切都透著幾分古怪。

「僕人都睡在這些房間裡嗎？」

「不是，他們住在後面比較小的房間；從來沒有人住在這裡：幾乎可以說，假如桑恩費爾德莊園鬧鬼的話，那些鬼一定在這裡出沒。」

「那麼，你們這裡應該沒有鬼吧？」

費爾法克斯太太回答：「至少我從來沒聽說過。」臉上露出微笑。

「鬧鬼不是這裡的傳統吧？這兒沒有這類傳說或鬼故事？」

「我相信沒有。據說羅徹斯特家族以前可是兇暴得很，沒那麼平心靜氣，或許這是為什麼他們現在都靜靜在墳墓裡安息。」

「是啊——『經歷人生陣陣狂熱後，他安然睡去。』」我喃喃地說，「費爾法克斯太太，你要去哪兒？」因為她轉身走開。

「到頂樓。你要不要一起來，從那兒看看外面的風景。」我跟著她順著一道非常狹窄的樓梯爬到閣樓上，然後又攀著梯子，經由活板門爬到屋頂。我現在和烏鴉聚居的樹梢差不多高了，可以望見牠們的巢。我倚著牆垛往下看，眺望著如地圖般鋪展開來的大地：宅邸的灰色地基為絲絨般柔軟光滑的草坪所環繞，遼闊的原野上處處可見聳立的古木；野草叢生的小徑將乾枯的暗褐色樹林一分為二，小徑上覆滿青苔，比林間樹葉更顯綠意盎然；教堂、馬路、靜謐的山丘，都在秋陽下安歇；與地平線交接的蔚藍晴空，點綴著大理石般的珠白花紋。所有景物都平凡無奇，但都賞心悅目。我轉過身去，再度穿過活板門時，幾乎看不到沿著梯子下樓的路；相較於剛剛抬頭望見的蔚藍晴空，和沐浴在陽光下、環繞在桑恩費爾德府四周的樹林、草原、綠色山丘，相較於我剛剛一直滿心歡喜注視的一切，閣樓有如地窖般漆黑一片。

費爾法克斯太太在我後面停留了一會兒，把活板門扣好；我則經過暗中摸索後，找到閣樓的出口，繼續沿著窄梯往下走。窄梯通往一條長長的走道，將三樓前面和後面的房間分隔開來：狹長、低矮、陰暗，唯獨遠端有一扇小窗，兩排黑色小門全都緊閉，看起來彷彿藍鬍

子城堡的走廊。我在那兒停留了一會兒。

　　我輕步前移，萬萬沒想到在一片寂靜中，竟有笑聲傳入耳中。那笑聲十分古怪：清晰可聞、但又拘謹而鬱悶。我停下腳步：那聲音也停止，但只停了一會兒；又再開始，而且更大聲：起初笑聲雖然清晰可聞，卻很低沉。如今笑聲變得十分喧鬧，似乎要在每個寂寞的房間喚起回音；雖然聲音只是從一個房間裡發出來的，而我可以指出聲音發自哪一扇門後。

*　　*　　*　　*　　*

Charlotte Brontë: from "Jane Eyre"

When we left the dining-room, she proposed to show me over the rest of the house; and I followed her upstairs and downstairs, admiring as I went; for all was well arranged and handsome.

The large front chambers I thought especially grand: and some of the third-storey rooms, though dark and low, were interesting from their air of antiquity. The furniture once appropriated to the lower apartments had from time to time been removed here, as fashions changed: and the imperfect light entering by their narrow casement showed bedsteads of a hundred years old; chests in oak or walnut, looking, with their strange carvings of palm branches and cherubs' heads, like types of the Hebrew ark; rows of venerable chairs, highbacked and narrow; stools still more antiquated, on whose cushioned tops were yet apparent traces of half-effaced embroideries, wrought by fingers that for two generations had been coffin-dust. All these relics gave to the third storey of Thornfield Hall the aspect of a home of the past: a shrine of memory. I liked the hush, the gloom, the quaintness of these retreats in the day; but I by no means coveted a night's repose on one of those wide and heavy beds: shut in, some of them, with doors of oak; shaded, others, with wrought old English hangings crusted with thick work, portraying effigies of strange flowers, and stranger birds, and strangest human beings, — all which would have looked strange, indeed, by the pallid gleam of moonlight.

"Do the servants sleep in these rooms?" I asked.

"No; they occupy a range of smaller apartments to the back; no one ever sleeps here: one would almost say that, if there were a ghost at Thornfield Hall, this would be its haunt."

"So I think: you have no ghost, then?"

"None that I ever heard of," returned Mrs. Fairfax, smiling.

"Nor any traditions of one? no legends or ghost stories?"

"I believe not. And yet it is said the Rochesters have been rather a violent than a quiet race in their time: perhaps, though, that is the reason they rest tranquilly in their graves now."

"Yes — 'after life's fitful fever they sleep well,'" I muttered.

"Where are you going now, Mrs. Fairfax?" for she was moving away.

"On to the leads; will you come and see the view from thence?" I followed still, up a very narrow staircase to the attics, and thence by a ladder and through a trap-door to the roof of the hall. I was now on a level with the crow colony, and could see into their nests. Leaning over the battlements and looking far down, I surveyed the grounds laid out like a map: the bright and velvet lawn closely girdling the grey base of the mansion; the field, wide as a park, dotted with its ancient timber; the wood, dun and sere, divided by a path visibly overgrown, greener with moss than the trees were with foliage; the church at the gates, the road, the tranquil hills, all reposing in the autumn day's sun; the horizon bounded by a propitious sky, azure, marbled with pearly white. No feature in the scene was extraordinary, but all was pleasing. When I turned from it and repassed the trap-door, I could scarcely see my way down the ladder; the attic seemed black as a vault compared with that arch of blue air to which I had been looking up, and to that sunlit scene of grove, pasture, and green hill, of which the hall was the centre, and over which I had been gazing with delight.

Mrs. Fairfax stayed behind a moment to fasten the trapdoor;

I, by dint of groping, found the outlet from the attic, and proceeded to descend the narrow garret staircase. I lingered in the long passage to which this led, separating the front and back rooms of the third storey: narrow, low, and dim, with only one little window at the far end, and looking, with its two rows of small black doors all shut, like a corridor in some Bluebeard's castle.

While I paced softly on, the last sound I expected to hear in so still a region, a laugh, struck my ear. It was a curious laugh; distinct, formal, mirthless. I stopped: the sound ceased, only for an instant; it began again, louder: for at first, though distinct, it was very low. It passed off in a clamorous peal that seemed to wake an echo in every lonely chamber; though it originated but in one, and I could have pointed out the door whence the accents issued.

◆ 延伸閱讀

上述例子的描述方式都頗為直接，但並不會拖慢故事或讓故事停滯。故事乃埋藏在場景中、在描繪的事物之中。有的人害怕描繪性段落，彷彿這些描繪都是不必要的裝飾品，會拖慢「行動」。然而只要閱讀荷根（Linda Hogan）的《太陽風暴》（*Solar Storms*）、席爾柯（Leslie Marmon Silko）的《儀式》（*Ceremony*）、或聖提亞哥（Esmeralda Santiago）的回憶錄《當我還是波多黎各人》（*When I was Puerto Rican*），就能體會到對風景的描繪，以及關於人及其生活方式的大量資訊，也能成為推動故事前進的行動。

同樣的，在嚴肅的驚悚小說佳作中，關於背景環境、政治局勢等的資訊是故事不可或缺的部分，勒卡雷（John le Carré）的《巴拿馬裁縫》（*The Tailor of Panama*）就是好例子。出色的神祕小說也很擅於傳達資訊，例如賽兒絲（Dorothy Sayers）的經典作品《謀殺也得做廣告》（*Murder Must Advertise*）和《九曲喪鐘》（*The Nine Tailors*）。而像托爾金的《魔戒》之類的奇幻小說，則隨著故事不斷推進，作者透過大量豐富生動的具體細節，輕鬆自如地創造出整個奇幻世界，並清楚解說箇中種種。我相信讀者在閱讀這部鉅著時，無時無刻都清楚書中人物身在何方，當時天氣如何。

我在前面說過，科幻小說家很擅長把大量資訊變成敘事

的一部分。關於法國國王路易十四富麗堂皇的宮廷和舉止怪誕的弄臣，我們從麥金泰爾（Vonda N. McIntyre）所著《月與日》（*The Moon and The Sun*）的精彩故事中學到的可能遠超過許多歷史書。

好的歷史書也充滿故事。閱讀賀凌（Hubert Herring）的《拉丁美洲史》（*Latin America*），必然會讚嘆他的寫作功力，能將二十個國家的五百年歷史寫得如此引人入勝。古爾德（Stephen Jay Gould）也是箇中高手，善於將複雜的科學資訊和理論嵌入出色的敘事散文中。傳記作者通常採取有點老派的手法來區隔描寫和敘事；他們和十九世紀初的作家史考特（Walter Scott）一樣，讓讀者先看到場景，然後才敘述那裡發生什麼事。不過在奧斯汀（Mary Austin）的《少雨之地》（*The Land of Little Rain*）、狄尼森（Isak Dinesen）的《遠離非洲》（*Out of Africa*）和哈德森（W. H. Hudson）的《紫色大地》（*The Purple Land*）等書中，作者將景色、人物與情感全部天衣無縫地編織到豐富的結構中。至於道格拉斯（Frederick Douglass）、溫妮穆卡（Sarah Winnemucca）、湯婷婷（Maxine Hong Kingston）、康威（Jill Ker Conway）等人的自傳，以及其他傳記類傑作，例如潔林（Winifred Gerin）筆下的勃朗蒂姊弟、或李（Hermione Lee）描寫的吳爾芙，都在敘事中輕鬆自然地交織著有關時間、地點、生命事件的大量資訊，賦予傳記不可多得的深度和厚實度，會令任何小

說家艷羨不已。就我所知，斯科魯特（Rebecca Skloot）的《拉克絲的不朽生命》（*The Immortal Life of Henrietta Lacks*）或許是最厲害的範例，能將涉及多人、跨越多年的複雜事實和技術資訊，透過生動感人的敘事，交織成一部傑作。

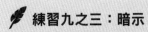

練習九之三：暗示

. . . .

　　每個部分都應該寫一篇 200 ～ 600 字的描寫文，敘事聲音可以是涉入的作者，或疏離的作者。沒有觀點角色。

間接描寫人物：透過描繪某人住的地方或經常去的地方（例如房間、屋子、花園、辦公室、工作室、床等等），描寫這個人物（而他當時不在場）。

未透露的事件：透過描繪事件當初發生的地點或未來將發生的地點——房間、屋頂、街道、公園、風景等等——讓我們一瞥這件事的氛圍和本質。（但事情並未發生在你的習作內容中。）

　　你不會直接提到任何人或事，但這些人與事其實才是文章的主題。這是沒有演員的舞台；是行動開始前拍攝的全景。就這類提示而言，文字的效果往往勝過其他媒介，甚至電影。

　　你愛用什麼道具，就用什麼道具：家具、衣服、個人物品、天氣、氣候、片段歷史、植物、岩石、氣味、聲音、任何東西都可以。把「**情感繆誤**」（pathetic fallacy）[44] 的效果發揮得淋漓盡致。文中強調的物件或細節應該透露出與人物相關的訊息，或暗示曾發生過或即將發生的事情。

切記，這是一種敘事的設計，是故事的一部分。你筆下所描繪的一切都是為了讓故事向前推進。你提供的種種證據必須營造出一致的氛圍或氣氛，讓讀者從中推斷或一瞥或憑直覺了解不在場的人物或未透露的行動。條列式的敘述無濟於事，只會令讀者感到沉悶，所有的細節都必須融合在故事中道出。

請注意：寫這類描寫文時，除了眼中見到的景物，也要不時想一想其他感官，聲音尤其容易喚起感覺。我們用來形容氣味的詞彙十分有限，但在描述中提及某種香氣或臭味，可為當時的感受定下基調。疏離的作者會避免描述味道和觸感。涉入的作者則大可描述某個東西摸起來感覺如何。雖然即使是涉入的作者，也不見得會親口品嚐令人垂涎的新鮮水果或早已發霉的水果，無論水果是裝在富有光澤或滿布灰塵的木碗中……，但是當故事中的人物描述這樣的經驗時，不妨讓所有的感官都動起來。

---

44. 作者註：Pathetic fallacy（情感謬誤）
指以優越的語氣形容山水、天氣或其他東西反映或體現了人類情感，也就是擬人化。

練習九的補充練習

・・

說明文字的團塊

參加工作坊的學員對「說明文字的團塊」這個概念很感興趣（任何作者都理應如此），因此希望我能特別針對這個題目出作業。我說我想不出來，他們說：「你就虛構一些資訊，而我們在敘事時必須設法把資訊涵蓋在內。」真是個好主意：我只需編造一些東西出來就好，其他的辛苦活兒就全是你們的事了。

由於我對現實世界所知有限，我提供的是奇幻的主題。別怕，這只是練習。作完練習後，你可以立刻回到現實世界，永遠待在那兒。

補充練習 1：奇幻小說的資訊團塊

好好研究下面這段偽造歷史和虛構的資訊，等到你全部熟悉之後，再以這些素材為基礎，創作你的故事或場景。撰寫場景時，要充分融合相關資訊：把資訊分解、展開，融入對話或行動敘事中，或放在任何你覺得適合

的地方，只要讀起來不會處處疙瘩就好。照你喜歡的方式說故事，無論透過暗示、提示、線索都好。說故事的方式應該讓讀者在不知不覺間吸收資訊。必須涵蓋充足的資訊，才能讓讀者充分了解王后的處境。我想這個習作可能需要兩、三頁的篇幅，或是更多。

哈拉斯王國過去乃是由女王統治，但過去百年來一直由男性統治，不准女性稱王。二十年前，在一場對抗安納笛人（他們是魔法師）的邊境戰役中，年輕國王裴爾失蹤了。哈拉斯人從來不曾施展魔法，因為他們信仰的宗教宣稱施作法術違反九個女神的意旨。

沒有人知道裴爾國王究竟出了什麼事。王后依然健在，但就大家所知，國王沒有任何子嗣。覬覦王位者紛紛遭王后的守護者朱薩爵士擊退，但整個王國陷入黨派之爭，變得日益貧困，人民也不快樂。

我們的故事展開時，安納笛人正威脅著要入侵王國的東部邊境。朱薩爵士假借保護王后之名，將四十歲的王后囚禁在偏鄉的高塔。事實上，朱薩對王后心生畏懼，當時流言傳說，一名神祕人物要趁王后在宮中時密訪她。這個人可能是叛黨的首領（據說是王后的私生子），也可能是國王裴爾，或安納笛的魔法師，或……

　　你就從這裡開始說故事。毋須寫出完整故事，只需根據上面資訊，寫一、兩個場景就可以了，但裡面必須涵蓋充足的資訊，讓沒有讀過背景資訊的讀者也看得懂。從囚禁王后的高塔說起，是很好的開頭。你可以隨心所欲，採用任何敘事觀點，但必須為王后取個名字。

補充練習 2：真實經驗的資訊塊

　　設計這個練習時，我腦子裡想的是回憶錄作者。由於這類寫作處理的是真實的經驗，我沒辦法提供練習素材。不妨想一件你知道該怎麼做的事情，裡面包含一連串複雜的動作：例如，自製麵包、手作珠寶首飾、建造穀倉、設計戲服、玩 21 點或打馬球、駕帆船、修引擎、籌備研討會、接合斷腕、排版……。不要挑人人都會做的事情來寫，讀者才會渴望讀到一些相關步驟的說明。

　　如果一時想不到有什麼題目可寫，不妨查詢百科全書，或許從中挑個你一向好奇的製作流程：如何手工製紙、如何裝訂書籍、如何打造馬蹄鐵等等。你必須發揮想像力，提供感官細節，你的描繪才會生動逼真。（工業流程幾乎都太過複雜，很難靠這樣臨時抱佛腳而學

會，但如果你已經具備某方面的知識，就可從中找到絕佳的習作題材。）

描寫一下至少包含兩個人物的場景，裡面正在進行上述流程，但流程可能在對話的背景中進行，也可能是行動的重心。你的描繪必須明確具體。盡量避免使用專業術語，但如果流程本身有自己的行話，則不妨採用。無論你挑選哪一種流程來練習，都必須清楚說明各種步驟，但千萬不要讓讀者感覺好像通篇只在談流程。

10/

飽滿與跳脫

　　本書的練習都曾經過寫作工作坊的實驗，也因為工作坊的教學經驗，我開始思考敘事技巧中我從來不曾探討的面向：應該在故事中包含什麼和省略什麼。這個問題關乎細節，也關乎聚焦——句子、段落，以及整篇敘事散文的焦點。我稱之為「飽滿」（crowding）與「跳脫」（leaping），因為我很喜歡這兩個詞從物理層面描繪這個過程。

　　濟慈（Keats）曾勸告詩人「用礦石填滿每個縫隙」，我所謂的「飽滿」，正是這個意思；也就是極力避免鬆散的語言和陳腔濫調，用兩個字就可精準表達時，絕不用十個語意含糊的字眼，總是設法找出最鮮活的語詞、最準確的用字。我所謂的「飽滿」，也是指故事充實，裡面充滿發生的各種事件；故事能持續推進，不會鬆垮垮的，漫無方向地陷入旁枝末節；故事還要能環環相扣，前後呼應。鮮活、精準、具體、正確、濃密、豐富；這些形容詞所描述的散文，就是感覺、意義和意涵都很飽滿的散文。

　　不過「跳脫」也同樣重要。你跳過的部分就是你省略不要的，而你省略的永遠比保留的多。字裡行間必須留白，聲音周遭應靜默無聲。列出清單不等於描寫刻劃，唯有相關細節才得以保留。有人說，上帝藏在細節裡；有人說，魔鬼藏在細節裡。我說兩者皆是。

　　如果你在描寫時試圖無所不包，就會落得像波赫士（Jorge Luis Borges）的小說《博學強記的富內斯》（*Funes* the Memorious）中可憐的富內斯一樣，如果你未曾讀過這本小說，我衷心推薦你閱讀。過度飽滿的描繪會阻塞故事，引發窒息。〔因塞滿文字而窒息的小說，可以福樓拜（Gustave Flaubert）的《薩朗波》（Salammbô）為例。福樓拜一向被尊為典範，而他精準貼切的用字（mot juste）[45] 早已形成一種「示播列」（shibboleth）[46]，所以看著這可憐人兒栽倒在完全由精準貼切字眼構成的流沙中，真是有療癒效果。〕

就技術上而言，我會說儘管放手書寫，把初稿塞滿吧——暢所欲言，喋喋不休，想到什麼就說什麼。修改時再仔細思考哪些語詞只是在灌水或重複，或將會拖慢或阻礙故事發展，然後加以刪減。決定哪些重要，哪些真正在說故事，然後刪減、重組，直到剩下的字字句句都很重要。要大膽跳脫。

動作派作家的作品通常十分飽滿，卻跳脫得不夠快，不夠遠。我們都讀過關於拳擊賽、戰鬥、或運動競賽的描述，作家試圖一拳拳詳細描繪，結果徒增困惑，感覺沉悶。許多動作其實大同小異——英雄割下武士的頭顱，然後再一個、又一個——單憑暴力，不會讓故事變得有趣。

關於動作派寫作，奧布萊恩以歐布雷馬圖林（Aubrey-Maturin）為主角的海上冒險小說系列中任何一場海戰，都是氣勢恢弘的範例。讀者需要知道的每一件事都涵蓋在內，但除此之外，別無其他。閱讀時，我們時時刻刻都很清楚我們在哪裡，發生了什麼事。每個細節都豐富了整體圖象，加快

動作速度。語言清晰易懂，對感覺的細部描繪熱切、簡潔而精確，讓你欲罷不能，想一口氣把它讀完。

---

45. 作者註： Mot juste ，原為法文，指貼切的字眼。

46. 譯註：「示播列」（Shibboleth）在希伯來語的原意為「溪流」。根據聖經士師記，基列人與法蓮人為世仇，基列人曾在擊敗法蓮人後，把守約旦河渡口，如有人要過河，就必須說：「示播列。」如聽到有人說「西播列」，便將他拿下，因為法蓮人不會發「sh」的音，只會發「s」。後來的人將「示播列」引申為口令或暗號，作為一種鑑別個人社會或地域背景、或看出一個人是否屬於某特定群體的語言特徵。

真正技巧嫻熟的作家只用寥寥數語,就能說出多少故事,真是令人驚嘆。不妨細讀例 18 中吳爾芙筆下弗洛德先生的人生。(弗洛德先生是學校老師,比佛蘭德斯太太年輕八歲,他向守寡的佛蘭德斯太太求婚:而亞徹、雅各和約翰都是她的兒子。)

▎例 18 ▎

摘錄自吳爾芙《雅各的房間》

「我怎麼能想到結婚的事!」她一面用鐵絲把門繫牢,一面酸楚地對自己說。那天晚上,等孩子們都上床睡覺以後,她心想,她從來都不喜歡紅髮男子,想起弗洛德先生的樣子。她推開針線盒,把吸墨紙拉過來一點,再讀一遍弗洛德先生的信,當她讀到「愛」這個字時,胸膛劇烈起伏,但這次心跳沒那麼快,因為她看到強尼追鵝時,就知道自己不可能再嫁給任何人了——更別說弗洛德先生了,他比她小這麼多歲,但他真是個好人——而且還是這樣一個學者。

「弗洛德先生,」她寫著。——「我把乳酪給忘了嗎?」她心裡嘀咕,把筆放下。沒有忘,她已經跟蕾貝卡說過,乳酪放在廳裡。

　　「我很訝異……」她寫道。

　　然而弗洛德先生第二天早上起床後在桌上看到這封信時，開頭卻不是「我很訝異」，而是一封慈祥和藹、謙恭有禮、前後矛盾又滿懷惋惜的信，弗洛德先生多年後還一直保留著這封信；在他和安多瓦的溫布許女士成婚，並離開村子許多年後。由於他申請到雪菲爾某個教區工作，也得到想要的職位，他找亞徹、雅各和約翰過來，跟他們道別，同時告訴他們，可以到書房任意挑選他們喜歡的東西，留作紀念。

　　亞徹選的是拆信刀，因為他不想選太好的東西；雅各挑了一冊拜倫作品集；約翰年紀太小，還不懂得妥善挑選，他挑了弗洛德先生的小貓，他哥哥覺得十分可笑，但是當他說：「牠的毛和你很像」時，弗洛德先生把他舉起來。然後弗洛德先生談到皇家海軍（亞徹要去的地方）；還有拉格比（雅各要去的地方）；第二天，他收到一個銀盤，然後就離開了——先到雪菲爾，他在那兒遇見了去探望叔父的溫布許女士，接著去哈克尼——然後去梅斯菲爾德學校，後來成了那裡的校長，最後當上知名的牧師傳記系列的主編，他退休後和妻女住在罕普斯德，經常有人看到他在羊腿池餵鴨。至於佛蘭德斯太太的信——有一天他想找這封信，卻找不到，他不想問

妻子是不是把信收起來了。最近在皮卡狄里見到雅各的時候，他只花三秒鐘就認出他來。但雅各已長成一個體面的年輕男子了，弗洛德先生不想在大街上把他攔下。

「天哪！」佛蘭德斯太太在《史卡柏若及哈洛蓋特信使報》上讀到安德魯‧弗洛德牧師被任命為梅斯菲爾德學校校長的消息時說：「這一定是弗洛德先生。」

餐桌蒙上淡淡陰鬱。雅各正在塗果醬；郵差在廚房和蕾貝嘉說話；一隻蜜蜂嗡嗡地繞著窗口低垂的黃花。也就是說，當可憐的弗洛德先生當上梅斯菲爾德學校校長時，這裡生氣盎然。

佛蘭德斯太太站起來，走到火爐圍欄那兒，撫摸托帕茲的後頸。

「可憐的托帕茲。」她說。（因為弗洛德先生的小貓現在已經是一頭很老的老貓了，耳朵後面長了癩瘡，不知哪天就要讓牠升天了。）

「可憐的老托帕茲！」佛蘭德斯太太說，這時老貓正在陽光下伸展身子，然後她微微笑著，想到當初是怎麼把貓給閹割了，還有以前是多麼不喜歡有一頭紅髮的男人。她走進廚房。

雅各拿條骯髒的手帕擦擦臉，上樓回自己的房間。

Virginia Woolf: from "Jacob's Room"

"How could I think of marriage!" she said to herself bitterly, as she fastened the gate with a piece of wire. She had always disliked red hair in men, she thought, thinking of Mr. Floyd's appearance, that night when the boys had gone to bed. And pushing her work-box away, she drew the blotting-paper towards her, and read Mr. Floyd's letter again, and her breast went up and down when she came to the word "love," but not so fast this time, for she saw Johnny chasing the geese, and knew that it was impossible for her to marry any one — let alone Mr. Floyd, who was so much younger than she was, but what a nice man — and such a scholar too.

"Dear Mr. Floyd," she wrote. — "Did I forget about the cheese?" she wondered, laying down her pen. No, she had told Rebecca that the cheese was in the hall.

"I am much surprised . . ." she wrote.

But the letter which Mr. Floyd found on the table when he got up early next morning did not begin "I am much surprised," and it was such a motherly, respectful, inconsequent, regretful letter that he kept it for many years; long after his marriage with Miss Wimbush, of Andover; long after he had left the village. For he asked for a parish in Sheffield, which was given him; and, sending for Archer, Jacob, and John to say good-bye, he told them to choose whatever they liked in his study to remember him by.

Archer chose a paper-knife, because he did not like to choose anything too good; Jacob chose the works of Byron in one volume; John, who was still too young to make a proper choice, chose Mr. Floyd's kitten, which his brothers thought an absurd choice, but Mr. Floyd upheld him when he said: "It has fur like you." Then Mr. Floyd spoke about the King's Navy (to which Archer was going); and about Rugby (to which Jacob was going); and next day he received a silver salver and went — first to Sheffield, where he met Miss Wimbush, who was on a visit to her uncle, then to Hackney — then to Maresfield House, of which he became the principal, and finally, becoming editor of a well-known series of Ecclesiastical Biographies, he retired to Hampstead with his wife and daughter, and is often to be seen feeding the ducks on Leg of Mutton Pond. As for Mrs. Flanders's letter — when he looked for it the other day he could not find it, and did not like to ask his wife whether she had put it away. Meeting Jacob in Piccadilly lately, he recognized him after three seconds. But Jacob had grown such a fine young man that Mr. Floyd did not like to stop him in the street.

"Dear me," said Mrs. Flanders, when she read in the Scarborough and Harrogate Courier that the Rev. Andrew Floyd, etc., etc., had been made Principal of Maresfield House, "that must be our Mr. Floyd."

A slight gloom fell upon the table. Jacob was helping himself to jam; the postman was talking to Rebecca in the kitchen; there was a bee humming at the yellow flower which nodded at the open window. They were all alive, that is to say, while poor Mr. Floyd was becoming Principal of Maresfield House.

Mrs. Flanders got up and went over to the fender and stroked Topaz on the neck behind the ears.

"Poor Topaz," she said (for Mr. Floyd's kitten was now a very old cat, a little mangy behind the ears, and one of these days would have to be killed).

"Poor old Topaz," said Mrs. Flanders, as he stretched himself out in the sun, and she smiled, thinking how she had had him gelded, and how she did not like red hair in men. Smiling, she went into the kitchen.

Jacob drew rather a dirty pocket-handkerchief across his face. He went upstairs to his room.

上面這段如光速般閃過的人生歷程，最令人震驚且意義深刻的是，這段敘述完全不是在談弗洛德先生，之所以提到弗洛德先生，只是為了透露一些關於雅各（本書名不符實的主角）的事情，關於雅各的世界，以及雅各的母親——小說以她的聲音開始，也由她結束。敘述似乎有些俏皮打趣的意味，也確實如此。似乎離開正題，說些不相干的事，《雅各的房間》裡許多段落都是如此，但都並非離題不相干。吳爾芙省略了解釋，讓故事的連結自然出現，為「飽滿」與「跳脫」提供了令人激賞的絕佳範例。小說一次跳過多年時光，主人翁生命中大段歷程都略而不談。雅各扮演小說觀點角色的時候不多，作者只讓我們偶爾跌落故事人物活躍的內心世界，卻不點破他們與雅各之間的關聯。裡面沒有情節，結構也不過是一連串看似不經意的浮光掠影，然而這本書從開頭第一個字到漂亮的結尾，都如希臘悲劇般穩定前行。無論談到什麼，吳爾芙始終把焦點放在雅各身上；她從來不會偏離中心，迷失方向；書中字字句句都緊扣她真正想說的故事。

練習九之三「暗示」和關於兩種說明團塊的練習，其中一部分目標就是要練習這種「弔詭的焦點」。

討論：什麼是故事？

我把故事定義為對事件的描述（無論是外在或心理上的事件），敘事會隨著時間而移動，或暗示時間的流動及變化。

我把情節定義為以行動為模式的故事形式，通常採取衝突的形式，透過因果鏈，在行動與行動之間建立錯綜複雜的緊密連結，最後在高潮中結束。

高潮是一種愉悅；情節是一種故事。有力的、像樣的情節本身就令人愉悅，可能世世代代都能反覆運用，為剛入門的新手提供寶貴的敘事利器。

但嚴肅的現代小說大都無法被化約為情節，而且脫離了原本的文字，重述時可能光彩盡失。故事並非藏在情節裡，而是透過敘事呈現。真正動人的力量來自說故事的方式。

現代主義派的寫作手冊往往把衝突和故事混為一談。這種化約主義反映的文化是鼓勵攻擊和競爭，無視於其他行為模式。任何複雜的敘事都不可能只建立在單一元素上，或被簡化為單一元素。衝突只是一種行為模式，任何人的生命中都還有其他同樣重要的行為模式，例如聯繫、發現、喪失、承受、探索、分離、改變等等。

所有的故事都牽涉到改變。故事運行推進，發生了一些事情，人或事起了變化。

說故事不需要嚴謹的結構，但需要有焦點。故事在談

什麼？說的是誰的故事？故事的焦點無論顯而易見或模糊隱晦，都是故事中所有事件、角色、及他們的言談舉止、所作所為最初或最終指向的中心。焦點可能單純是指某件事或某個人或某個想法，也可能不是，我們或許無法給它明確的定義。倘若故事的主題很複雜，或許我們只能用故事本身的所有文字來表達，無法用其他文字簡單地替代。但故事的焦點確實存在。

故事同樣也需要英國小說家沃許（Jill Paton Walsh）所謂的「軌道」（trajectory）──不一定是可以遵從的大綱或概要，而是可以依循的動向：故事運行的形態，不管是筆直向前或繞道而行或反覆再現或異於尋常都好，是永不止息的運行，沒有任何段落會完全脫離軌道或長期脫軌，所有的段落都或多或少對整個故事有所貢獻。軌道是故事的整體形狀，總是朝著結局邁進，而故事的開頭通常已經暗示了最終的結局。

飽滿與跳脫必須和焦點及軌道相關。所有會擠進故事，讓故事在感官、智識、情感上都更豐富飽滿的材料都應該聚焦，成為故事中心焦點的一部分。每次跳脫都應該順著軌道而行，跟隨故事整體的形態和動向。

我無法特別針對這個龐大的思考層面，想出任何練習。但最後有一個練習雖然不討喜，卻對大家都十分有益。

✒ 練習十：做一件可怕的事

在你作過的敘事練習中，選一篇較長的習作——只要超過四百字皆可——然後刪掉一半。

如果找不到適合的習作，就挑一篇以前寫的敘事散文，字數 400 ～ 1000 字，然後就做這件可怕的事。

我不是叫你這裡刪一點，那裡刪一點，到處修修剪剪，雖然這是練習的其中一部分；而是要你清點字數後，砍掉一半的字數，但同時敘事仍要保持清晰，感官衝擊鮮明強烈，不要以泛泛之論取代具體細節，而且絕不要用「不知怎麼的」這樣的說法。

如果你的文章中包含對話，同樣把較長的談話或對話內容砍掉一半長度，絕不寬貸。

大多數專業作家偶爾都需要像這樣大刀闊斧刪改文章。這是很好的練習，也是自我紀律的真實展現。這個練習發人深省，被迫字斟句酌、權衡用字時，你會發現哪些語詞不過是發泡膠，哪些才是沉甸甸的真金。嚴厲的刪減會強化你的風格，迫使你的寫作既飽滿又跳脫。

除非你原本用字就特別儉省，或是你經驗老到又十分明智，懂得邊寫邊刪，否則修改時總是不免刪掉一些重複的語

詞、多餘的說明等等。不妨利用修改文章的機會仔細考量在必要時，哪些部分可以捨棄。

你很可能需要割捨一些你最喜歡、也最優美而令人讚賞的佳句和段落。把它們刪掉時，儘管放聲大哭或默默嗚咽吧。

契訶夫（Anton Chekhov）曾對刪改文章提出忠告：首先，他說，丟掉最前面的三頁。年輕時候，我認為最懂短篇故事寫作的人莫過於契訶夫了，所以我試著遵循他的忠告。我真希望他說錯了，然而他說得當然很對。當然，還要看故事的長度而定，倘若故事的篇幅很短，那麼丟掉開頭的三段就差不多了。但不必動用到契訶夫剃刀的初稿可說寥寥無幾。我們總是喜歡在故事的開頭兜圈子，說明一大堆，還布了一堆根本不必要的局。然後，我們才找到該走的路，動身出發，於是故事開始發展——而且往往大約就從第三頁開始。

修改文稿時，大體而言，如果可以刪掉開頭，就把它刪掉。如果有任何段落特別突出，偏離主要軌道，不妨先把它拿掉，看看故事讀起來如何。很多時候，看似必造成可怕漏洞的刪減，結果卻接合得天衣無縫。彷彿故事本身已經有它想要的形狀，你只需替它清除冗詞贅字，它自然會長成應有的樣子

在碼頭上揮手道別

有的人認為藝術是控制的問題，我則認為主要是自我控制的問題。這麼說好了：我腦子裡有個故事想要被說出來。把故事說出來是目的，我只是達到目的的手段。如果我能把我自己、我的自我、我的願望和意見、我心裡的垃圾都排開，找到故事的焦點，跟隨故事的軌道運行，那麼故事自然會自動說下去。

我在本書所談的一切都關乎如何做好準備，讓故事自然而然說出來：好好掌握技巧，了解寫作這門手工藝，因此等到這艘神奇的小舟到來，你可以登船引領它到它想去、也應該去的地方。

附錄：同儕團體工作坊

　　寫作工作坊逐漸取代沒什麼效果的「創意寫作課」，以相互學習為原則，強調實用技巧的寫作工作坊確實比較有效。

　　也就是說，如果大家都遵守規則，就能奏效。有些自由靈魂無法得益於寫作工作坊，他們認為合作式學習要求自我克制，他們的天賦才華將受到難以忍受的限制。這類人很難從工作坊獲益。如果當年已有這類同儕團體，連我自己都很懷疑我在二十歲或二十一歲時，是否願意接受同儕團體的紀律約束。但當時還沒有這樣的團體。由召集人或**同儕團體**（**peer group**）[47] 帶領的寫作工作坊，在我長大成人許久之後才誕生。不過其他很多事情也是如此，包括發電子訊息和吃羽衣甘藍脆片等我不太感興趣的事情在內。

　　有些作家因故難以定期聚會，或完全無法和其他作家面對面討論，線上工作坊為他們提供了寶貴的機會。有些作家平常足不出戶、與世隔絕，但仍渴望與其他作家分享作品和評論，交流互動，他們無論組成線上團體或加入既有社團都會很棒。我只在實體工作坊擔任過教師和學員，但希望我對實體社團的觀察和建議經過些許調整後，也能適用於虛擬社團在線上交流的情況。

---

47. 作者註：Peer group（同儕團體）
經常聚會、一起閱讀和討論彼此作品的團體，形成無人領導的工作坊。

成員

　　同儕團體工作坊的成員最適當的人數可能是六、七個，頂多到十或十一個。少於六人的話，可能聽不到太多不同的看法，而且有時會只有兩、三人出席討論會；超過十二人以上的團體則需有心理準備，每個月得閱讀大量作品，花很長時間討論。大多數團體都每個月聚會一次，並早早就安排好時程。

　　同儕團體的組成份子如果成就大致相當，通常效果最好。多樣化的背景也可以接受，甚至有其價值。但如果有的人並非真心投入，只抱著來玩玩的心理，那麼認真琢磨寫作技巧的人和他們合作時，會愈來愈氣餒，只是來玩玩的人也因其他人太過認真而備感無聊。讓經驗老到的作家評論新手的作品，他們可能覺得大材小用，而新手面對文壇老將，也可能變得畏縮壓抑。大家對寫作風格（包括標點符號、句子結構、甚至拼字）的基本熟悉度如果大相逕庭，可能引發不安。不過也有很多團體雖然成員背景各異，卻沒有絲毫困擾。最好找到對的組合，成員都是可以信任的人。

手稿

　　把手稿寄給其他成員閱讀的過程，過去要牽涉到紙張、郵票和時間等等，如今只要按下「送出」鍵，彈指間即可完成。在實體的同儕團體中，應該在聚會或大家約定的討論日至少一星期之前，就把手稿寄出去，大家才有時間閱讀、思考和加註意見。網路上的虛擬團體則必須決定是否作者一寄出手稿，大家就可以開始評論，持續互動；還是考量到許多成員閱讀、評論或寫作的時間都十分有限，討論只能在固定期間進行。

　　我建議你們共同訂出每次討論的文稿長度限制。一旦找到最適當的長度，必須持續堅持下去。我建議擬定字數限制，而不是頁數限制，因為囉嗦的作家會迂迴利用縮小字體和頁緣的方法，在每頁塞進五百個英文字。

　　如果採取面對面討論方式，而且假如大家希望每份手稿都聽到作者親自朗讀幾頁，那麼最好在評論前先朗讀作品，請務必這樣做；聽作者用自己的聲音「說明」作品，是一大樂事。在討論詩作的工作坊中，詩歌朗誦早就列入標準作業流程。不過對討論敘事散文的團體而言，朗讀作品可能會花太多時間。朗讀是一種表演，可能會掩蓋作品的缺失和含混不清之處。由於朗讀的速度太快，聽者大半未及寫下有用的評論意見。畢竟默讀才是大部分敘事散文的命運。作品必須

在頁面上自我解說和為自己發聲，讓掌握出版大權的編輯「聽到」，並在作品問世後讓眾多讀者都聽到。（然後，如果作品在書市大獲成功，或許才會出現有聲版本。）對於嚴肅創作的作品，讀者理應在孤獨與靜默中認真閱讀，嚴肅以待。我認為這種緩慢、安靜、深思的閱讀方式是同儕團體能賦予作品的最高敬意。

閱讀手稿

　　人人寫作，也人人閱讀，是影響同儕團體成敗的基本共識。身為工作坊成員，閱讀其他成員的作品，和寫作及呈交自己的作品同樣重要。閱讀時漫不經心，遲遲不讀，或根本沒讀，除非是偶一為之，否則很難取得別人諒解。

　　吹毛求疵的意見、改正拼字及文法錯誤、以及一些小問題，最好直接寫在文稿上交還作者，讓他有空時再仔細斟酌。線上團體必須研究如何處理這種情況；其中一個辦法是每個人在電腦上安裝相同的編輯軟體。

評論

　　這個名詞令人不悅、技術味濃厚、但很有用……除了產出文稿之外，評論也是寫作團體的基本功能。

目前，除非線上團體成員可以一起視訊討論，否則都是以書寫方式評論他人作品。在實際的團體中，成員可以將評論意見和標註寫在手稿上，或直接交給作者，但書寫評論不應取代口頭講評和討論。對作者而言，所有成員在討論中交流和互動，往往是最寶貴的部分。

輪流

每個成員都需評論每一部作品。

線上團體的成員可以在評論傳進來時閱讀，先後次序不重要。在面對面的實體討論會上，先後次序就很重要了。每一篇呈上來的手稿都輪流接受評論，每一位成員（除了作者以外）也都要輪流發表意見。

理想上，自由評論不是不可能──真正有話要說的人才發表意見，評論時沒有時間限制，輪流發言時也不按順序。但請不要輕易嘗試，除非你很清楚團體中沒有人總是悶不吭聲，也沒有人永遠喋喋不休，而且不能讓任何人霸佔發言機會。在工作坊中，相互尊重和信賴很重要，採取自由評論方式時，自大狂確實很容易讓較羞怯的成員自動消音。許多定期互評作品的同儕團體，多年來都採取順著圈圈輪流發言的方式，這種做法最公平，也最沒有壓力。

規約

評論必須：

◆簡短。

◆不受任何人干擾。

◆探討作品的重要面向。（吹毛求疵的意見應該註明在手稿上。）

◆不針對個人。（你認為作者品格如何或有何意圖，和評論毫不相干。大家討論的是作品，而不是作者。即使評論的是自傳性作品，也應稱對方「敘事者」，而不是直接說「你」。）

輪到你發表評論或以電子郵件寄出評論時，盡量不要質疑別人的評論。不要冷嘲熱諷、語帶輕蔑，也不要火力全開。

團體討論時要擴大討論，但不要重複。如果你同意珍妮的論點，就明白表示贊同。如果你不同意比爾的說法，也應不帶惡意地表明態度，並解釋你為何有不同的意見。

切記，第一印象（初次閱讀作品的反應）即使參雜誤解，都非常有用。畢竟當作者把手稿交到編輯手上時，編輯的第一印象可能決定一切。不要因為說了什麼天真的話或提出什麼天真的問題，而覺得自己很傻，真正需注意的是，話語或文字必須完全不帶惡意，唯一的目標是讓手稿有所改進。

　　批評通常把焦點放在哪裡出錯了。但如果要實際發揮效用，負面批評應該指出可能的修改方向，讓作者了解文章有哪些地方令你感到困惑、訝異、苦惱、或開心，你最喜歡哪些部分。對作者而言，知道哪種寫法有效，哪些地方做得對，同樣很有幫助。

　　對文章的整體品質妄下負面評斷，會令作者火冒三丈，拒絕聆聽，並可能帶來持久的實質傷害。有些批評者自以為有權把別人的作品貶得毫無價值，給予完全批判性的評斷，相信能靠辱罵來塑造藝術家，寫作工作坊絕不容許這種無情的批評方式。同儕團體乃是建立在互信互重的基礎之上，不歡迎跋扈的自大狂，也不希望有人妄自菲薄，屈意奉承。

　　你應該對作者說話，而不是說給其他人聽。

　　你可能想直接問作者與事實相關、能用是或否回答的問題，但你必須先告知團體其他成員你的問題，並徵得他們同意後，才能發問。原因是其他人可能不想聽到這個問題的答案。比方說，你或許想問作者：「你是不是不想讓我們知道黛拉的媽媽是誰？」但其他人也許寧可自行閱讀作品，彷彿他們完全不認識作者，也無法提問，只根據作品本身作評斷，就像我們平常閱讀其他敘事作品一樣。絕對不要提出任何需要作者長篇大論解釋或辯解的問題。如果文章本身無法回答你的問題，最有用的方式是在文稿上加註，提醒作者注意這個問題，讓作者在修改文稿時可以改正。

　　針對改稿的建議或許很有價值，但提出的方式必須客氣尊重。即使你很有把握怎麼改比較好，故事仍然屬於作者所有，而非你的故事。

　　不要說這個故事讓你想到那部文學作品或電影，應尊重作品本身。

　　好好思考故事主要在談什麼；試圖達到什麼目的；故事如何自我實現；怎麼做或許更能達到目標。

　　如果某些成員評論時總是絮絮叨叨沒完沒了，實體社團可能需要找個廚房計時器，限制每人只能發表幾分鐘評論，虛擬團體則應訂下字數限制。容許成員在評論時過度自我中心、嘮叨煩人的團體可能也維持不了多久。討論的強度很重要；成員彼此間的互動也很重要。

　　在實體社團中，如果每個人的評論都很簡短，最後就有一些自由討論的時間，通常這是最棒的部分。我可以想像線上互動也會發生類似的情況。在這樣的自由討論中，大家可能會掌握到這次聚會的意義，最後可能得出十幾種不同的意見，但這些意見都十分有用且令人振奮。

接受評論

保持沉默的規定：在討論某個故事之前和進行討論時，故事的作者都必須保持沉默。

作者不能預先提出任何解釋或說詞。

如果有人提問，必須先確定大家都希望你回答問題，才能回答，而且答覆內容愈簡短愈好。

接受評論的時候，記下大家對故事的意見，即使有些意見乍看之下似乎很蠢，但之後可能會覺得不無道理。當不同的人持續提出相同意見時，必須特別注意。線上評論也一樣。

針對作品的討論結束後，如果作者想說說話，儘管開口無妨。但應簡明扼要，不要變成自我防衛。如果還有任何與作品相關的問題，剛才一直沒有提及，此時不妨提出來。到目前為止，對辛苦的評論者最好的回應就是：「謝謝！」

保持沉默的規定看似武斷，其實不然，在我看來，這是評論流程中不可或缺的基本要素。

任何作者在自己的作品接受評論時，幾乎都不可能不自我防衛，他們會急於辯解、回答、指出——「喔，但是你看，我原本的用意是……」「喔，我打算在修訂文稿時這麼做。」但是如果根本不准你發言，你就不會浪費（你和他們的）時間，試圖辯解。你只能聆聽，注意聽別人從你的作品中獲得什麼，他們認為哪些地方還需再多下功夫，他們領悟到什麼，

又誤解了什麼，還有他們喜歡和不喜歡哪些部分。這正是你參加討論會的目的。

線上討論時，如果你們仍有沉默的規定，作者不能對評論有所回應，那麼評論者就會相互回應，而他們的評論意見可能會在這樣的交流互動中改變、發展、深化。你的職責是閱讀他們的評論，好好思考，並作筆記。最後別忘了向大家道謝。

如果你真的無法忍受保持沉默的規定，說不定你不是真的想知道別人對作品有什麼反應。你選擇成為作品的第一個和最後一個評判。如此一來，你和團體其他成員一定無法水乳交融。這倒也無妨，只是性格的問題。有的藝術家只適合獨自創作。也許藝術家在生涯中某些階段，很需要群體的刺激和回饋，在某些時期，獨自創作的效果則最佳。

不管你選擇獨自創作，還是加入同儕團體，你都必須當自己作品的評判，必須自己做決定。藝術的紀律是自由。

繆思 37

娥蘇拉‧勒瑰恩的小說工作坊—— 十種技巧掌握敘事
Steering the Craft: A Twenty-First-Century Guide to Sailing the Sea of Story

作者	娥蘇拉‧勒瑰恩
譯者	齊若蘭
社長	陳蕙慧
副總編輯	戴偉傑
責任編輯	鄭琬融
行銷企劃	陳雅雯、汪佳穎
封面設計	高偉哲
排版	顧力榮

讀書共和國集團社長	郭重興
發行人兼出版總監	曾大福
印務	黃禮賢、林文義
出版	木馬文化事業股份有限公司
發行	遠足文化事業股份有限公司
地址	231 新北市新店區民權路 108-3 號 8 樓
電話	02-2218-1417
傳真	02-2218-0727
E-mail	service@bookrep.com.tw
郵撥帳號	19588272　木馬文化事業股份有限公司
客服專線	0800221029
法律顧問	華陽國際專利商標事務所　蘇文生　律師
印刷	前進彩藝有限公司
二版一刷	2022 年 06 月
定價	新台幣 360 元
ISBN	9786263141759
EISBN	9786263141810（PDF）、9786263141827（EPUB）

特別聲明：有關本書中的言論內容，不代表本公司／出版集團之立場與意見，
文責由作者自行承擔。

國家圖書館出版品預行編目 (CIP) 資料

娥蘇拉‧勒瑰恩的小說工作坊：十種技巧掌握敘事 / 娥蘇拉‧勒瑰恩
(Ursula K. Le Guin) 著；齊若蘭譯 . -- 二版 . -- 新北市：木馬文化事業股份
有限公司出版：遠足文化事業股份有限公司發行 , 2022.06
　　面；　公分 . -- (繆思；37)
　　譯自 : Steering the craft : a twenty-first century guide to sailing the sea of
story
　　ISBN 978-626-314-175-9(平裝)

1.CST: 小說 2.CST: 寫作法

812.71   111005719